INSTRUÇÕES PARA DESAPARECER DEVAGAR

INSTRUÇÕES PARA DESAPARECER DEVAGAR

FLÁVIA IRIARTE

FARIA E SILVA

Instruções para desaparecer devagar

ISBN: 978-6581275-39-6
Capa: Cintia Belloc
Revisão e diagramação: Bianca Battesini

Impresso no Brasil — 1a Edição, 2025 — Edição revisada conforme o Acordo Ortográfico da Língua Portuguesa de 2009.

I7
IRIARTE, Flávia.
Instruções para desaparecer devagar / Flávia Iriarte — 1a Edição. — São Paulo: Faria e Silva, 2025.
156 p. ; 14x21 cm.
ISBN 978-6560-2521-10

Romance brasileiro. I. Título

CDD: B869-3

ALTA BOOKS
GRUPO EDITORIAL
www.altabooks.com.br

Rua Viúva Cláudio, 291 — Bairro Industrial do Jacaré
CEP: 20.970-031 — Rio de Janeiro (RJ)
Tels.: (21) 3278-8069 / 3278-8419
www.altabooks.com.br — altabooks@altabooks.com.br
Ouvidoria: ouvidoria@altabooks.com.br

Editora afiliada à:
abdr
ASSOCIADO CBL Câmara Brasileira do Livro

SUMÁRIO

Para Andressa.

Se vamos ser gentis, que ela não passe de uma generosidade simples,
e que não seja por culpa ou por esperarmos retribuição.

J.M. Coetzee

PARTE 1

1.

No primeiro dia de aula, Alice aprendeu duas coisas: 1) Vodca vagabunda é a pior bebida que existe e 2) Ver a humilhação alheia pode despertar o nosso lado mais cruel, mas também o mais benevolente, generoso, indulgente.

Ela já tinha passado pelo ritual. Havia errado duas perguntas, bebido duas doses. Aprendera que a cena entre Uma Thurman e John Travolta em *Pulp fiction* acontece no restaurante Jack Rabbit Slim's e que Quentin Tarantino tem fetiche por pés.

Agora, assistia a outra garota passar pela mesma humilhação.

Os veteranos estavam sentados no chão, jogados contra as paredes de uma das casinhas do Centro dos Estudantes — um aglomerado de casas de madeira coloridas, onde se amontoavam violões velhos, instrumentos de percussão e cinzeiros com pedrinhas de maconha.

A humilhada da vez estava de quatro, segurando o copo de plástico com os dedos trêmulos. Havia um pouco de vômito no seu queixo, e o cheiro de vodca, tinta e suor impregnava o ar.

Última chance — anunciou o veterano responsável por proferir as charadas, com um sorriso de hiena. — "Um menino perde seu trenó, um homem perde sua alma."

Alice já sabia a resposta. Um tipo de conhecimento básico para jovens da zona sul carioca com aspirações artísticas, que ela tratara diligentemente de cultivar.

A garota olhou para o chão, depois para o teto, depois para o vazio. Não parecia buscar uma resposta, apenas um pouco de dignidade — e ela sabia que não viria. Seus cabelos estavam desgrenhados, a camiseta branca manchada de tinta, os braços sujos com as marcas dos dedos dos veteranos.

Havia algo naquela cena que parecia deslocado, fora do lugar. Algo na postura da garota, na forma de se vestir, que não combinava com aquele ambiente. Alice reconhecia os códigos implícitos daquelas festas: vestidos floridos e camisetas de linho abertas dando um tom despreocupado, calças jeans e coturnos que custavam um salário-mínimo, mas traziam um verniz de rebeldia. A garota não usava nada disso. A camiseta era simples, sem nenhuma ironia de corte ou marca. O jeans, justo demais. A forma de falar tinha um sotaque carregado, um tom que não se diluía no descaso displicente dos outros.

Alice nunca tinha testemunhado ninguém como ela numa cena tão humilhante, tão… íntima.

E então, sentada no chão sujo da casinha de estudantes, vendo a garota bêbada, rebaixada, prestes a beber mais um gole daquela vodca de quinta categoria, sentiu algo que não sabia nomear.

Pena, talvez.

Ela preferia chamar de compaixão. Ou, mais do que isso: uma vontade de que aquela garota fosse salva. Agachou-se para ficar na altura dela e disse alguma coisa sem som, apenas movendo a boca.

A garota a olhou, semicerrando os olhos, como se o álcool a impedisse de entender palavras simples. Depois, respirou fundo.

— *Cidadão Kane*? — disse a voz, arrastada.

Os veteranos ficaram em silêncio por um instante, e então, alguém gritou: "Porraaa!". Um copo voou pelo ar.

A garota estava salva.

Naquela noite, elas voltaram para casa juntas, de ônibus. Não falaram muito. Ainda estavam bêbadas, cansadas, derrotadas.

A garota contou que morava em São Gonçalo, na Baixada Fluminense, conhece?

Alice balançou a cabeça. Não conhecia.

Disse que tinha conseguido uma bolsa universitária e, assim, alugar um quarto na casa de uma velha senhora, provavelmente solitária e querendo alguém para conversar e relembrar seus dias de juventude.

Havia uma massa grudenta de tinta vermelha nos seus cabelos, e ela parecia falar com um pouco de vergonha de abrir a boca, de mostrar os dentes.

Alice ouviu, sem saber bem o que responder. Pela primeira vez, em tempos, sentia por alguém algo que se parecia com admiração. Uma continuação natural do sentimento que havia experimentado enquanto via a garota de quatro, sem ter a mínima ideia de quem era Orson Welles.

Ela nunca tinha precisado de uma bolsa para estudar. Nunca precisou justificar sua presença em lugar nenhum. Sua vida era feita de progressões suaves: o colégio bilíngue no Jardim Botânico, o intercâmbio no Canadá, a matrícula na autoescola assim que fez dezoito, a entrada na universidade sem maiores dificuldades, a mãe neurótica com alimentação saudável. Nenhuma grande tragédia, nenhuma grande ruptura até ali.

O ônibus fez uma curva mais aguda, e a garota anunciou que desceria naquele ponto. Alice não se lembrou de perguntar seu nome, mas ela fez questão de dizer, antes de descer:

Bárbara.

2.

O sexo não era o forte da relação, nunca foi. Mas havia algo. Uma conexão intelectual, espiritual, uma ilusão bem elaborada de pessoas com privilégios e interesses comuns. Chamem como quiser. No dia em que se conheceram aquilo já havia ficado claro, e confirmado no encontro seguinte, quando ele a chamou para assistir a uma peça de Sartre e depois os dois ficaram até as duas da manhã conversando sobre a ilusão da liberdade e da escolha e a natureza do bem e do mal, lembrando-se de dar um beijo apenas ao final do encontro. Quase que para não desperdiçar todo o ritual que já havia sido encenado até ali.

Com algum malabarismo mental, Alice até podia dizer que sair com Thiago estava entre os seus programas favoritos dos últimos tempos. Bem ou mal, ele desafiava sua bagagem literária e cinematográfica. Ao mesmo tempo ele era arrogante. O tipo de cara que tinha sempre um autor contemporâneo experimental na ponta da língua. E pior: ela nao sentia com ele o que Bárbara dizia ser tão importante. Aquele calor. Aquela vontade de bicho pelo corpo do outro. Alice pensava nisso enquanto subia as escadas.

Aproximou o rosto pela fresta aberta da porta, deu três batidinhas para anunciar sua chegada e entrou. A atmosfera do apartamento de Helena ficava entre aconchegante e extravagante, com luzes baixas e uma coloração azul vindo de uma luminária no chão ao pé do sofá. Digitou uma mensagem para Bárbara e jogou o celular de volta na bolsa.

Aparentemente quem morava naquele edifício não se importava com música ribombando até altas horas, com o cheiro constante de maconha e a movimentação incessante de jovens madrugada adentro, carregando garrafas longneck de cerveja e salgadinhos comprados em lojas de conveniência 24 horas.

No centro da sala, cinco jovens se enfileiravam numa espécie de trenzinho humano, um massageando os ombros do outro, enquanto fumavam, bebiam e tentavam cantar Caetano Veloso. Helena deu um trago no cigarro de maconha, sorriu para Alice com os olhos semicerrados e a convidou com um gesto para que se juntasse ao grupo.

— Até que enfim, hein, linda? — disse um garoto de cabelos cacheados e barba fechada, que Alice não tinha a mais vaga ideia de quem podia ser.

Ela sorriu sem graça e quando viu já tinha sido tragada para o trenzinho.

— Você parece tensa — disse o de barba, que começou a massagear seu pescoço e nuca sensualmente.

Ela deu um trago leve no cigarro de maconha que Helena passou para trás. Não queria ficar muito chapada ainda.

— Tá acabando a cerva — disse Mogli, um jovem magricela com os cabelos pretos caindo sobre a testa. — Alguém anima de ir buscar mais? Eu tô sem condições — jogou-se no colo da garota atrás, que se curvou enfiando a língua na boca dele.

Alice anunciou que havia trazido algumas cervejas e aproveitou a deixa para se levantar e recolher a sacola que havia largado no meio da sala, pegando o corredor que dava na cozinha.

Abriu uma longneck, enfiou o restante no congelador e caminhou até a janela da sala. Do alto de Laranjeiras, o Rio de Janeiro parecia inofensivo, apenas a dança das copas das árvores, as ruas serenas, os prédios com uma ou outra janela de luz acesa. Para chegar ao prédio de Helena, era necessário pegar a rua Cardoso Junior e subir durante uns vinte minutos de carro por ruelas estreitas de mão dupla, onde era impossível dois automóveis passarem ao mesmo tempo sem que um deles tivesse que manobrar na curva mais próxima.

Ela deveria estar feliz, pensou, havia passado o último ano de escola idealizando viver aquela vida, ao lado de pessoas como Helena, Mogli, o garoto de que não sabia o nome, maratonando filmes de arte enquanto conversavam sobre legalização das drogas, do aborto, enquanto praticavam o amor livre, seja lá o que isso fosse. E agora que o momento havia chegado, agora que as pessoas tinham deixado de ser um emaranhado vago de ideias para ganhar um rosto e um nome, tudo parecia pueril.

Pensou em Valentina. Sentia falta dela. Elas tinham tido seus momentos. O intercâmbio no Canadá, as listas de quem tinha colecionado mais beijos em bocas internacionais, as noites brincando de verdade ou consequência e tomando shots de cachaça até vomitar o banheiro todo... Um dia, planejaram fazer juntas uma grande "viagem de desapego", como elas chamavam — um mochilão pela América do Sul —, um roteiro que começaria pelas Cataratas do Iguaçu, seguindo pela Patagônia chilena e argentina, Atacama, Bolívia, Peru... Até que Valentina disse: "Cidade do México", e Alice riu, dizendo que o México era na América do Norte.

Valentina fez cara de que a amiga estava louca e a discussão terminou com Alice lendo em voz alta o verbete na Wikipédia, que dizia: *México, oficialmente Estados Unidos Mexicanos, é uma república constitucional federal localizada na América do*

Norte. Então, Valentina disse que o mundo dela tinha desabado, e as duas caíram na risada.

Alice não sabia quando as coisas tinham desandado, por que a viagem nunca tinha acontecido, por que nunca mais elas tinham sequer tocado no assunto. Havia ido embora aquela faísca inexplicável que mantém as pessoas unidas. E agora ela precisava encontrar a sua. A sua faísca. Aquele ponto em que a beleza do mundo parece se abrir para você secretamente, as mesmas ruas de sempre revelando destinos diferentes, o presente iluminando o passado, recriando o passado, uma nova consciência nascendo.

Já relaxada pelo álcool, abriu o Youtube. Um casal caminhava pelas ruas de Bancoque contando aos seguidores tudo que precisavam saber antes de partir em uma viagem para a Tailândia. Os pratos que mais valiam a pena, as feiras de rua com menos chances de uma indigestão, as ilhas mais adequadas para quem procura festas, as ideais para quem quer descanso...

Depois navegavam entre mercados flutuantes e ruelas estreitas no Camboja, contando como conseguiam viajar com um orçamento de menos de trinta dólares por dia, pegando carona e trocando trabalho por hospedagem quando necessário. Alice os invejou, aquela era uma vida que fazia sentido. Estava exausta das neuroses burguesas dos pais, Soraia e suas dietas de planta, sucos detox, qualquer hora ia começar a fazer fotossíntese. Carlos e suas rotinas obsessivas, vitamina de clara de ovo com cenoura para engolir o colágeno, Bibi, me traz minha albumina; Bibi, o Whey Protein.

O celular vibrou dentro da bolsa.

Subindo a rua. Por que rico alternativo adora vir morar nesses fins de mundo, hein? Sempre esqueço que esse lugar não chega nunca. :/

Alice sorriu. Bárbara e seu senso de humor estavam a caminho para salvá-la. Fazia apenas seis meses que elas se conheciam, mas um elo forte havia se estabelecido, uma força que Alice não sabia bem explicar. Gostava da espontaneidade de Bárbara, da sua cabeleira encaracolada, a pele e os dentes de quem pega a vida no enlace. Havia algo de irresistível em conhecer uma pessoa há pouco tempo, em abrir as portas do seu mundo para alguém que pisava ali pela primeira vez, alguém que não sabia quem ela tinha sido até então.

— O que que eu preciso fazer pra você vir ficar um pouco com a gente? — Sentiu uma mão deslizar pelas suas costas.

Ele exalava um cheiro profundo de floresta, e tinha um sorriso acolhedor. Como ia fazer agora para dizer que não lembrava do seu nome? Na verdade, não se recordava de em algum momento ter tido essa informação.

— Estou com um pouco de calor — Alice disse tentando ser simpática. — O Rio de Janeiro não dá trégua nunca, não é?

Ele continuou sorrindo sem responder nada, imerso em outra sintonia.

— Vou no banheiro e já volto — ela disse.

Sentou-se no vaso e pôde ver, colado com um durex velho na porta, uma reprodução amarelada da bandeira-poema de Hélio Oiticica. Um homem estirado no chão, os braços abertos como se estivesse crucificado, e embaixo as palavras: *Seja marginal, seja herói.*

Quando saiu do banheiro, o garoto sem nome estava ali parado. Houve uma troca rápida e quase inevitável de olhares, e então ele a beijou. Era comum que aquilo acontece à Alice, não saber se queria ou não realizar certa ação e simplesmente acabar seguindo o seu fluxo. Por um lado, era fácil entender. Há uma resistência natural que qualquer corpo oferece para sair do seu estado de inércia, e ela era isso: um corpo inerte seguindo uma sequência de ações que pareciam programadas há milênios e implantadas num chip numa obscura zona do cérebro.

Ela tinha namorado, deveria vir daí uma força capaz de expulsá-la daquele enlace forçado. Mas não...

Que fosse então o fato de que não tinha a menor vontade de estar ali. Mas também não tinha vontade específica de não estar, então preferia ficar quieta a estragar o prazer alheio. Poderia jogar a culpa em Thiago, dizer que tinha namorado, mas sabia que os frequentadores das festas de Helena não costumavam se comover com as questões morais da monogamia.

Enquanto os pensamentos se atropelavam em sua mente, ela sentiu um volume endurecer contra sua coxa. O garoto sem nome soltou um som abafado, quase um gemido, e Alice afastou a mão dele, esforçando-se para imprimir nesse gesto alguma delicadeza. Até que a salvação veio do outro cômodo: o barulho de risadas e vozes anunciava a chegada de Bárbara.

— Olha ali, apareceu a margarida — disse Alice aproveitando para se desvencilhar de vez do rapaz. — Que demora, hein, criatura, que que aconteceu? — Deram dois beijinhos.

— Dez minutos só subindo essa escadaria, tô exausta, nem na minha época do Itaúna eu tinha que subir tanta escada — disse Bárbara, arfando.

Alice abriu um sorriso condescendente e puxou Bárbara pelo braço até a cozinha. Abriu o congelador e retirou duas cervejas que restavam ali.

— Toma, tá geladinha. — E entregou uma longneck para Bárbara.

— Esse povo de cinema precisa ser mais multidisciplinar, são sempre essas mesmas figurinhas repetidas, cadê os homens do direito nessa festa? — disse Bárbara, com uma malícia divertida.

Alice deu uma risada, concordando. Puxou duas cadeiras para perto da janela, e se acomodaram ali. A televisão exibia um filme sem som. Duas mulheres se beijavam na tela.

— Adoro essa cena — disse Alice. — Nunca entendo os filmes dele, mas tem uma coisa magnética neles.

— Sei lá — Bárbara respondeu, sem olhar. — Acho que nunca vi nenhum até o final.

Alice deixou a cabeça pender para trás, relaxada. O calor, a cerveja, o cheiro de cigarro. Tudo formava um embrulho estranhamente prazeroso. — Vai fazer o que amanhã? — perguntou, filando um cigarro do maço de Bárbara.

— Tenho que ir pra São Gonçalo, é aniversário da minha prima — disse, soltando uma baforada.

— Posso ir com você? Queria conhecer São Gonçalo.

— *Conhecer* São Gonçalo? — Bárbara gargalhou. — Não quer aproveitar e conhecer minha casa antiga no Itaúna? — disse, sarcástica. — Ninguém quer *conhecer* São Gonçalo, meu bem. Aquele lugar é amaldiçoado, isso sim. E capaz de eu ter que voltar de vez praquele inferno — disse, enfiando o cigarro na garrafinha longneck vazia que agora usava de cinzeiro. — Minha bolsa saiu só com oitenta por cento de desconto, mas eu precisava de uma bolsa integral pra continuar pagando a porcaria daquele quarto.

Alice sentiu um desconforto rastejar pela nuca, parecia que um animal morto tinha se instalado entre elas. Tentou consertar:

— Eu nunca deixaria você largar a faculdade.

Bárbara já tinha perdido o interesse. Mexia no celular com o polegar rápido, os olhos fixos na tela.

— Você já terminou o roteiro que o Santana pediu? — perguntou Alice.

— Já terminei, já mandei e ele já me devolveu com os comentários. Disse que eu quebrei a lógica da personagem no final, mas me deu nove, então tá ótimo. — Deu de ombros, sem tirar a atenção do celular.

Alice deu um trago na cerveja e voltou a olhar pela janela. Depois, voltou-se novamente para Bárbara:

— O que você acha de ir comigo pra Tailândia nessas férias? — perguntou.

Bárbara soltou uma risada histérica, engasgando-se com a fumaça do cigarro.

— Não tenho dinheiro nem para ir até Itaboraí, meu amor. Enlouqueceu de vez?

O rosto de Alice se iluminou. Jamais pensou que chamar uma amiga para viajar, como tantas vezes havia feito, poderia ser tão gratificante.

— Eu pago — ela disse.

3.

No segundo ano primário, Alice teve uma amiguinha cuja mãe morrera por conta de um câncer no cérebro. Era assim que acontecia: o mundo abria fendas para que você espiasse o abismo, mesmo aos nove anos de idade. *Câncer no Cérebro*. Um conjunto de células doentes que deixou a mãe de uma menina de nove anos cega, fraca, magra, com a fala incompreensível e, por fim, incapaz de reconhecer a própria filha.

Por que diabos alguém que tinha passado por aquilo precisava todos os anos comemorar o Dia das Mães? Ver os coleguinhas homenagearem suas mães saudáveis e lúcidas, suas mães que planejavam festas de aniversário e faziam grandes planos para crianças que nem sempre tinham algum talento, enquanto a amiga era obrigada a se lembrar da ausência, da morte, da mãe com câncer no cérebro? Que tortura era aquela da qual ela, Alice, era cúmplice? Por que era obrigada a fazer parte daquilo?

Voltou para casa obcecada com a história. Perguntava por que a mãe da amiga havia tido câncer, se Soraia e Carlos também estariam sujeitos àquele mal, queria saber por que acontecia apenas com algumas pessoas e sob critérios tão obscuros. Soraia e Carlos se esforçaram o que puderam. Disseram que se tratava de um sorteio dos céus, mas um sorteio ao avesso, que ninguém queria ganhar.

Alice questionou se havia algum remédio para a doença, ou algo que pudesse ser feito para não ser o "sorteado dos céus", ao que Carlos respondeu que eles deveriam cuidar da saúde, praticar exercícios, comer e dormir bem.

Soraia, por sua vez, falou sobre o poder corrosivo das mágoas, "o ressentimento favorece esse tipo de doença, querida, bote sempre tudo pra fora".

Por fim, Alice perguntou se a mãe não poderia sugerir que na escola comemorassem apenas o Dia dos Pais, para que a amiga não precisasse passar toda vez por aquela mesma tortura. Soraia e Carlos sorriram orgulhosos. De todo aquele desgaste emocional, ficou a certeza de que estavam criando um ser humano empático e sensível à dor alheia.

Mas, depois desse ano, algo mudou dentro dela, uma consciência opressiva se instalou. Uma sensação insistente de que toda felicidade era de alguma maneira obscena, uma ofensa silenciosa ao sofrimento dos outros.

Agora ela empilhava coisas sobre a cama: absorventes, chicletes, tripé de celular, um livro de lombada larga para matar o tempo no avião e no aeroporto. A mala, aberta no chão, esperava, enquanto Soraia e Carlos não paravam de entrar no quarto e cuspir recomendações.

— Os cadeados, Alice, pelo amor de Deus — disse a mãe, entregando-lhe um previamente separado. — Isso é o mais importante. Mês passado mesmo um homem foi condenado à morte na Indonésia por porte de drogas. Essa gente é radical, minha filha. Isso vai impedir que mexam nas coisas de vocês.

— Estamos indo para a Tailândia, Soraia — argumentou Alice.

— Você entendeu, minha filha.

Do outro lado da cama, Enzo, o jabuti, mastigava vagarosamente uma folha de alface murcha. Havia meses, Soraia trouxera aquele bicho a mando de um pai de santo. "Ele vai proteger a casa contra a inveja, filha." O casco escuro e rígido protegia o corpo mole, os olhos pequenos como duas pedras enferrujadas.

— A vida não é fácil, não é, amiguinho? — disse Alice, fazendo o animal cúmplice das reclamações à mãe.

Bárbara estava atrasada. Ela deveria ter sido mais insistente ao pedir para a amiga dormir lá, mas Bárbara tinha cortado suas asinhas antes dela começar a pensar em voar. Bárbara tinha isso. Era sempre muito enfática nas suas decisões. Não gosto de filmes assim. Não gosto de homens assado. Não vou a esse tipo de lugar. Por um lado, Alice admirava aquela faceta da sua personalidade, mas tinha que admitir que, naquela situação especificamente, a obstinação da amiga era um pouco irritante. Ela já estava facilitando ao máximo a viagem, havia não só pagado pelas passagens e hospedagem, mas também se comprometido em arcar com todos os gastos durante a estadia. Por fim, havia tomado o cuidado de pedir ao pai que as levasse ao aeroporto, para que pudessem desembarcar com mais comodidade.

Bárbara não podia simplesmente atender ao seu pedido? Seria evidentemente mais prático acordar já na casa dela e sincronizar os preparativos finais juntas. Mas não. Bárbara precisava de sua rotina de beleza pré-viagem.

"Preciso fazer as unhas e dar um jeito no cabelo", insistiu.

E o pior é que Alice sabia *muitíssimo* bem o motivo de todos aqueles caprichos: Homens.

A vida de Bárbara parecia orbitar ao redor de atrair um certo tipo de homem — justo aquele tipo que Alice desprezava, com o olhar distante e excessivamente concentrado em si mesmo. Mesmo uma viagem para o outro lado do mundo não significava nada para Bárbara a menos que pudesse captar a atenção desses exemplares da espécie humana. E Alice sabia bem que se tentasse estender a corda mais um pouco, se sugerisse que Bárbara deveria abandonar essas preocupações *fúteis* — por que não dizer — poderia arriscar o entusiasmo pela viagem inteira.

Agora, irritava-se ao se lembrar de uma situação que havia marcado o começo da amizade delas. Alice tinha o costume de dar carona para Bárbara e para um pequeno grupo de colegas que variava de acordo com o dia da semana e as interações pós-aula. A primeira a ser deixada em casa era sempre Bárbara, que, depois de descobrir que a velha com quem estava morando era obcecada por gatos que deixavam o apartamento imundo, havia conseguido uma quitinete por um bom preço perto da universidade. Depois, ia deixando os demais.

Neste dia, calhou de pegar carona com elas um sujeito de cabelos lisos e descoloridos penteados para o lado, 1.90m de tamanho, com uma tatuagem que despontava no bíceps esquerdo e se estendia até o começo do antebraço. Em qualquer outro contexto, um homem daqueles seria uma verdadeira máquina de matar, os braços capazes de estrangular um orangotango. Mas, ali, era apenas um jovem estudante de cinema, de olhar doce, a fúria dos hormônios contida pelas circunstâncias. Um tipo desses que atraía as atenções de Bárbara, versado em piadas autodepreciativas que tentavam mascarar a autoabsorção patética.

Já estava prestes a entrar na rua onde a amiga morava quando Bárbara disse: "Estava pensando em ir pra a sua casa hoje, discutir logo o texto de Teoria e Linguagem". Alice chegou a sentir uma mistura de compaixão e admiração ao perceber a amiga tão empenhada em manter a bolsa de estudante da qual dependia sua permanência na universidade.

Mas, assim que o rapaz foi deixado em casa, Bárbara convenientemente "lembrou-se" de que havia marcado de encontrar com a mãe naquela tarde e de que teria de abortar os planos de estudo.

Em suma, tudo não passara de encenação para que ela ficasse um pouco mais de tempo no carro com o jovem brutamontes. A encenação foi tão convincente que Alice até se sentiu culpada por agora fazer a amiga pegar um ônibus de volta para casa.

Bem nessa altura dos pensamentos, a campainha tocou, anunciando a chegada da outra viajante. Soraia abriu a porta e cumprimentou-a com dois beijinhos e um cadeado, e Alice se inclinou no corredor, esperando Bárbara entrar.

— Tá linda, amiga — disse. — Mas por que tirou os cachos? Tão lindo seu cabelo natural.

— É lindo, mas é mais fácil amansar a juba de um leão. Vamos fechar essa mala? Já atrasei a gente o suficiente.

Alice, então, fechou o zíper, trancou a mala com o cadeado, pegou o celular da cama e checou a hora.

— A gente vai pegar trânsito — disse.

4.

Graças a uma aliança entre a tecnologia japonesa e o capital inglês, a escala em Paris acabou sendo menos cansativa do que Alice e Bárbara imaginaram. Há um par de dias, a rede Yotel havia aberto uma de suas filiais bem no coração do aeroporto Charles de Gaulle. Um enorme complexo high tech com restaurante, quartos em formato de cápsulas japonesas, salas de massagem, biblioteca, áreas amplas guarnecidas com mesas, computadores com wi-fi livre e um saguão com opções de sanduíches, salgadinhos, chocolates e saladas de alface anêmicas.

Bárbara pegou-se num intrincado duelo interno a fim de não ceder à primeira bobagem comestível que viu pela frente, mas acabou se rendendo a um bombom trufado, que meteu inteiro na boca.

Alice foi atrás do wi-fi. Na maior parte do ambiente, predominava um clima asséptico, com móveis de acrílico transparentes e uma iluminação fria. Mas a biblioteca era decorada com móveis de madeira e lustres em estilo art déco. Sentou-se ali.

Será que é uma indireta pra mim? — pensou alto.

Bárbara entendeu tudo quando viu Alice bisbilhotando o Instagram de Thiago. O desfecho com o namorado, rebaixado à condição de ex antes da partida para a Ásia, não tinha sido de todo inesperado. Alice contou que faria uma viagem, "acho melhor a gente dar um tempo". "Você quem sabe", ouviu, um pouco decepcionada com a facilidade com que vencia aquela batalha.

Tinham se conhecido numa festa, Alice ainda no terceiro ano, entre uma e outra escapada do cursinho pré-vestibular, a sala lotada, as piadinhas infames do professor bonitão, os risinhos das garotas acostumadas a achar graça delas. Os sinais de que aquela vida não era para ela se mostravam claros já naquela época. E foi com essa clareza que foi à festa de despedida da amiga que viajava para passar um ano na Austrália, o céu estrelado da Zona Sul por testemunha, a placa de "é terminantemente proibida a entrada de babás na água" na portaria que dava acesso a uma área externa com uma piscina iluminada por LEDs subaquáticas multicoloridas e garçons de smoking preto e gravatinha borboleta circulando com taças de Kir Royal.

Alice imaginou as mulheres citadas na placa vestidas de branco durante o dia, tentando domar crianças loiras e mimadas que viam a mãe no final da tarde, depois da limpeza de pele e das massagens para exterminar as celulites.

Não contaria a ninguém, mas aquela era também a sua despedida dela mesma. Um ritual de passagem para uma nova vida. Foi vestida de Jean Grey, o vestido verde exibindo as pernas talhadas na ioga, a bota amarela até o joelho e a fênix dourada no peito. Quando avistou o cara de cabelos compridos e bandana, se posicionou de forma estratégica próxima à bancada de drinks, testando um olhar perdido no horizonte.

— Os X-Men são a melhor criação da Marvel — ele disse ao se aproximar e pegar uma taça de Kir Royal na bandeja que repousava no balcão.

Ela sorriu.

— Você está muito anos noventa. Eu curto o Guns — disse Alice.

Thiago colocou os óculos redondos estilo John Lennon que tirou do bolso da calça e disse:

— Eu sabia que iriam me confundir com aquele barrigudo cheio de botox.

Alice riu de novo.

— Você não tá de Axl Rose?

— Wallace — ele disse. — David Foster Wallace. — E sorriu.

— Esse não é aquele cara que falava das lagostas?

— Esse *cara que falava das lagostas* é a melhor coisa que a América produziu nas últimas décadas — disse Thiago, ajeitando o cabelo por dentro da bandana branca de motivos tribais. — Ele se enforcou quando a mulher foi ao supermercado.

— Nossa — Alice falou, comovida. — Sempre perdemos os melhores.

Foram andando pelo clube de mãos dadas. As mãos dele eram úmidas como uma perereca, e o beijo foi meio estabanado, ele usava língua demais para a boca pequena dela. Ainda assim era a única pessoa com agudeza de espírito suficiente para se sentir deslocado naquela festa. Ele a envolveu com seus braços flácidos, e ela reparou na tatuagem dele, pois era para isso que ela estava lá, um menino com cara de lebre e óculos de aro preto e camisa listrada em traço Black Art.

— Bonitinho — ela disse.

— Bonitinha é você — ele devolveu, num timing perfeito.

E então eles foram andando para longe da festa, atravessando o estacionamento repleto de Volvos e Hiluxes com cadeirinhas de bebê no banco traseiro, até chegar na banheira onde os iates que sairiam no dia seguinte ficavam ancorados, a lua refletida nas águas, aguardando o passeio pelas Ilhas Cagarras regado a uísque e charutos Cohiba.

— Quer fazer uma coisa louca? — ele perguntou enquanto puxava ela pelo braço.

Então eles entraram num barco de dois andares. Thiago acendeu um cigarro de maconha, afastou uma mecha de cabelo dela, que caía sobre o rosto, e disse:

— Você é tão linda que me dói aqui — disse, repousando a mão no próprio peito.

E foi nesse dia que Alice perdeu a virgindade, em cima de um saco plástico que ela cuidou de colocar embaixo da bunda com medo de sujar aquele branco todo, um encaixe que demorou a acertar, um ritmo que só compassou no fim, quando ele estrebuchou em cima dela, arfando.

Achou melhor fechar o celular.

— *Você é tão linda que me dói aqui*. Que cara patético. Faz favor, Alice — disse Bárbara, se acomodando na cadeira. — Muda esse disco, não aguento mais ouvir essa história. O dia que você arrumar um homem de verdade vai parar com essa ladainha.

— Bom, agora acabou, né? Nem penso mais nisso — disse Alice, se recostando na cabeceira da cama.

— O que você viu nesse cara, hein? Está aí algo que nunca entendi — Bárbara perguntou, virada para o outro lado.

Por mais estranho que parecesse, Alice não sabia responder àquela pergunta. O beijo era burocrático; o sexo, no começo, passava perto do desastroso. E depois do começo, veio logo o tédio, a ideia de viajar para a Ásia e, consequentemente, o fim. O namoro tinha se desenrolado quase que por acaso. Por acaso, ela estava naquela festa. Por acaso, aquele cara de barba rala e bandana Foster Wallace tinha ido falar com ela. E não mais que por delicadeza, educação, casualidade, ela havia entrado naquela conversa e depois naquele barco. Agora, diante da indagação de Bárbara, isso quase parecia ficar claro. E só não ficava totalmente porque, de alguma forma, doía admitir.

Na recepção, duas mulheres se encarregavam de atender os viajantes. Alice perguntou se existia algum serviço apenas para que pudessem tomar um banho, sem precisarem se hospedar.

Uma das mulheres — a mais baixa — disse que sim, era possível tomar um banho de até 25 minutos por 20 euros.

Era tempo demais para dinheiro demais também. A viagem devia manter um ar juvenil, um orçamento compatível com a opção por voar na classe econômica.

— É possível entrarmos juntas? — adiantou-se Alice.

As duas mulheres riram. Provavelmente estavam pensando que eram lésbicas. Mas não. Eram apenas duas amigas querendo fazer uma viagem coerente. Não era só porque os pais de Alice eram ricos que elas deviam malgastar o dinheiro, aceitando tudo o que o capitalismo propõe. Aliás, Alice se orgulhava disso. De saber driblar, em parte, a vileza do sistema. De criar suas próprias regras.

No crachá da mulher mais alta lia-se Zaadi.

— Um momento, por favor — pediu Zaadi, num inglês limpo, quase sem sotaque. Era necessária uma consulta antes de liberar o banheiro para as duas de uma só vez.

— É mais rápido e prático. E mais econômico também. Não temos muitos euros, estamos aqui de passagem — explicou Alice.

— É claro que sim — retrucou a mulher.

É claro que Zaadi sabia que elas estavam ali de passagem. Era um lugar feito para isso, para que gente de passagem pudesse esticar as pernas, fazer suas necessidades básicas, comer uma salada numa embalagem de plástico ou um sanduíche de atum com gosto de qualquer outra coisa, por 15 euros. Talvez, fazer uma sacanagem no banheiro. Mas esse não era o caso delas. Embora já tivessem até beijado mulheres em chopadas na faculdade, em festinhas de apartamentos da Zona Sul, nunca havia passado disso. De uma brincadeira entre amigas.

— Tudo certo, podem ir — disse finalmente a mulher, após fazer uma consulta com meia dúzia de cliques no computador à frente. Ao que parecia, a rede Yotel não se importava que duas mulheres tomassem banho juntas em suas cápsulas-aposentos. O capital civilizando o mundo.

A mulher mais baixa, cujo nome, Niombla, Bárbara só conseguiu ler após espremer os olhos por dois demorados segundos, buscou um cartão de acesso em uma gaveta na parte inferior do balcão.

— Podem vir — disse, pedindo com um gesto que as viajantes a seguissem.

Longe do balcão, ela era ainda mais baixa, devia ter no máximo um metro e meio, provavelmente menos, o que inspirou em Alice um tipo de simpatia próxima da compaixão. Atravessaram uma porta de vidro ampla, que se abriu automaticamente logo que Niombla aproximou o cartão de um leitor magnético. Alice se sentiu personagem de um filme de ficção científica. A civilização solapada pelo colapso moral e pela destruição do meio ambiente, os poucos seres humanos que restaram vivendo numa cidade decadente e futurista.

Niombla olhou para trás a fim de checar se as garotas observaram como se abria a cancela, pois, na volta, seria necessário que elas próprias fizessem a operação. Após cruzar um longo corredor, a mulher abriu a porta de uma das salas de banho e entregou o cartão nas mãos de Bárbara.

— Vinte e cinco minutos, certo? — confirmou a garota.

— Take your time — respondeu simpaticamente Niombla.

Alice era bonita. Mesmo agora, num momento tão íntimo, desprevenida de um olhar externo, agachando-se de forma quase ridícula para limpar entre os dedos dos pés, jamais se poderia dizer o contrário. Bárbara observava seu corpo proporcionado, os seios firmes em formato de pera, nem grandes demais, mas jamais pequenos. O rosto, mesmo agora, lavado, com o abatimento e as olheiras de uma viagem que já durava vinte horas, não perdia a graça.

Mas nem era isso o que mais a intrigava, afinal já havia convivido com outras mulheres que, como Alice, eram mais bonitas do que ela. O que incomodava e ao mesmo tempo fascinava em Alice não era o fato de ser bonita, mas o de desprezar o que a maioria das mulheres desejava com ardor — aqueles homens mimados e lindos que nunca se curvavam diante de nada na vida e de repente caíam de amores por ela. E havia algo de magnético nesse desprezo, algo que Bárbara queria absorver, como se, ficando perto, pudesse aprender a desdenhar das mesmas coisas, carregar aquela leveza insolente que tornava Alice tão magnética.

— Não vai lavar o cabelo? — Alice perguntou enquanto se enrolava na toalha.

Bárbara demorou um instante para responder.

— Oi? Ah, sim. Quando chegar eu lavo. — E entrou novamente debaixo do chuveiro, cuidando para não molhar a cabeça.

— Estou podre. — Alice soltou um bocejo.

— E ainda temos umas vinte horas pela frente — disse Bárbara. — A gente bem que podia ficar aqui em Paris, hein. Não era uma má ideia.

— Paris tem seu charme, mas existem lugares mais interessantes.

— Claro. O Camboja, por exemplo. — Bárbara riu pelo nariz, debochada.

Alice não entendeu se era uma brincadeira, uma crítica ou uma mistura das duas coisas. Mas a verdade é que isso não importava. No final das contas, quem decidia o roteiro era ela.

O relógio do aeroporto marcava seis e cinco. O estômago começava a pedir comida, o cérebro exigia cafeína. Num raio de poucos metros, podia-se ver um Starbucks, um Burger King e uma lanchonete de sanduíches e saladas. Alice decidiu-se pela última. Pediu um sanduíche de queijo Emmental com tomate e azeite e um café. O pão estava um pouco duro, mas o sanduíche era gostoso. Bárbara, ainda culpada pelo bombom, pediu apenas um expresso. Duplo.

Paris estava mais globalizada que Nova Iorque. Africanos, asiáticos, latino-americanos, europeus. De tudo um pouco. Por um tempo, Alice brincou de tentar adivinhar mentalmente a nacionalidade de cada um que passava.

Um casal de uns 60 anos passou por elas, dirigindo-se ao portão quatro, vão voar para a Cidade do México. Franceses, com toda certeza. Ela, com aquele coque despenteado feito sem espelho, estilo Brigitte Bardot. Ele, magro, nariz grande, cara de quem acabou de fumar. Pauline e Pierre, batizou. E imaginou maio de 68, os dois se conhecendo jovens, Pauline de calça boca de sino e umbigo de fora, Pierre com o cigarro torto na boca e livros de grandes poetas embaixo do braço. Ambos lutando contra o governo de Charles de Gaulle, fazendo protestos em prol da liberação sexual e do fim da Guerra do Vietnã.

Havia um rapaz na sua frente, alto, terno cinza alinhado, gravata preta, segurando uma pasta de couro. Bonito. Um francoargelino que acabara de chegar em Paris, arriscou. Não, ela pensou melhor. Ele não tem cara de quem está chegando. Tem cara de quem está a trabalho, aguardando o seu voo. Fala apressado no celular, um ar executivo e profissional. Talvez esteja indo apresentar um projeto para uma megacorporação europeia. Faruk, ele se chama.

Faruk acabara de desenvolver um software que pega informações dos mais diferentes mercados e traduz para pessoas comuns que queiram investir na bolsa de valores. Você não precisa ser mais um Chicago boy para entrar no mercado de rendimentos, pode ser um cidadão comum. Basta ter capital suficiente para comprar uma ação. Mas há algo de misterioso em Faruk. Talvez ele não seja somente um gênio da informática. Talvez seja um homem-bomba disfarçado de gênio da informática. Um agente da CIA disfarçado de gênio da informática. Um homem-bomba disfarçado de agente da CIA. Vai saber.

É bom ter cuidado. O mundo está globalizado. O perigo também.

5.

Já passava uma hora e meia do horário combinado para que alguém do staff do resort as buscasse no aeroporto internacional de Siem Reap, e nada da plaquinha com o nome de Alice. Por um tempo sentaram-se em cima das malas, vencidas, e Bárbara acendeu um cigarro para raciocinar melhor. Estavam cercadas de motoristas de tuk-tuk, com suas motos conectadas a caçambas onde tentavam acomodar sem sucesso turistas exaustos e suas malas de rodinha. Mr. and Mrs. Flinker, informava uma plaquinha. Mr. Wang, indicava outra. Um cambojano afável recebeu uma pesada senhora Flinker, com sua camiseta regata e sandálias estilo franciscanas de tirinhas de couro. O senhor Flinker veio atrás, como um cão exausto seguindo o dono.

Não demorou para Mr. Wang subir, lépido, em outra carroça na qual um local segurava uma folha de papel com seu nome, recostado na motocicleta, com cara de sono. O problema era o traslado já estar pago e agora ter de gastar novamente com algum daqueles motoristas de tuk-tuk que olhavam para a meia dúzia de turistas remanescentes como um gavião olha para sua presa. Acima, o céu cinzento parecia anunciar uma catástrofe.

Bárbara sondou o entorno com o olhar em busca de uma alternativa, um táxi, talvez, alguém disposto a auxiliá-las em troca de um instante com jovens bonitas e livres. A beleza feminina, sempre uma eficaz moeda de troca. Será que as coisas funcionavam assim por ali também?

Até que a patrocinadora da viagem tomou a iniciativa.

— Se eles acham que vamos perder o dia inteiro aqui nessa espera, estão muito enganados — proclamou, levantando-se da mala com o ímpeto de quem está prestes a iniciar uma rebelião.

Não havia viajado até o outro lado do planeta para ser vencida no primeiro obstáculo. Se a situação exigia proatividade, ela estava pronta para começar a gastar o seu estoque. Passeou o olhar entre os homens enfileirados ao lado de suas respectivas carroças, todos parecendo aguardar serem salvos pela princesa que toparia cavalgar com eles. Alice escolheu seu príncipe, um homem pequeno, de calça preta e chinelos, mascando um graveto como se mastigasse o tempo.

— Precisamos ir até a região de Wat Bo, senhor. Quanto vai custar?

O escolhido mostrou todos os dedos das mãos. Eram delicadas para alguém cercado por aquela paisagem.

— Dez dólares?

Ele assentiu com a cabeça.

— Quanto tempo até lá? — perguntou Bárbara, esmagando a guimba do cigarro no chão de terra batida. Mas o homem apenas balançou a cabeça repetindo o gesto anterior. Provavelmente, não havia entendido patavinas.

O condutor do tuk-tuk se apressou em pegar as duas malas e acomodá-las em sua carroça, empilhando uma em cima da outra para que as passageiras também pudessem caber.

— Parece que fui mastigada por um rinoceronte — disse Bárbara, alongando o pescoço e os braços enquanto a alma parecia sair em um bocejo.

A chegada ao aeroporto de Siem Reap tinha sido um verdadeiro périplo para ela. Tinha ficado detida na imigração sem que fizesse a mínima ideia do porquê. Na verdade, fazia. Lembrou-se de quando foi à primeira festinha organizada pelos colegas da faculdade de cinema, no apartamento de Mogli, e de ter tido a impressão de que o porteiro do prédio a tinha retido por mais tempo do que o razoável antes de liberar sua entrada, o olhar desconfiado e silencioso enquanto a olhava, e ela conferindo no reflexo da tela do celular os cabelos e a maquiagem, que disfarçava as marcas mas não a cor da pele, nem os dentes ou os trejeitos e a forma de falar, as palavras e expressões que mudavam à medida que ela cruzava a ponte, os semáforos, e adentrava as ruas arborizadas da Zona Sul. Às vezes a pobreza lhe parecia uma bola de chumbo presa ao tornozelo, obrigando-a a carregá-la aonde fosse. Não importava o quanto tentava se afastar dela, havia sempre um peso para lembrá-la de que não podia ir muito longe.

Alice observava o caminho, ouvindo o som do tuk-tuk deslizando pela pista. O trânsito era uma desordem completa, mas ninguém buzinava para ninguém, o caos parecia se integrar à paisagem. Transeuntes, motoristas e cães vadios passavam de um lado a outro com uma tranquilidade búdica. Talvez confiem tanto no senso de coletividade dos demais que não precisam temer pela própria vida, pensou Alice. O lugar era bem mais pobre do que havia podido enxergar nas fotos e relatos de viajantes lidos durante a preparação do roteiro, um verde e marrom pálidos dominavam a paisagem de chão de terra batida cercada de mata por todos os lados. Lembrou-se de uma reportagem lida recentemente, que mostrava que o Butão, um país carente, tinha o maior índice de felicidade do mundo. Talvez o Camboja fosse um caso semelhante. Aquele lugar transpirava paz e, apesar da precariedade, Alice começou a ser invadida por um sentimento de satisfação. Sentia orgulho de ter saído da sua bolha de segurança e tédio e se abrir para o diferente. Descobrir que a simplicidade e a felicidade, realmente, andavam de mãos dadas. Como ela própria começava a descobrir na sua recente incursão pelo budismo.

Bárbara torcia para que entrassem em uma região menos rural nos próximos minutos. Não havia nada ali que ela já não tivesse tocado antes. Para quem estava acostumada às enchentes da vida, nenhuma realidade devia causar espanto. Era normal, pelo que via nos vídeos e relatos de influenciadoras catapultadas da pobreza para um universo de bonança e glamour, os aeroportos ficarem nas regiões periféricas das cidades, perto da miséria e de tudo que queremos deixar para trás antes de tomar um avião. Até de repente adentrarmos um mundo moderno e guarnecido pelo conforto do dinheiro, como em um passe de mágica. Ela estava habituada àquilo; passar da pobreza ao luxo, do luxo à pobreza, uma operação exaustiva, que exigia um ecletismo que poucos tinham como virtude. Ela tinha.

Justo quando pensava nisso, num movimento brusco, o motorista do tuk-tuk saiu da pista principal, a única pavimentada, cruzando em direção ao lado oposto e pegando uma pequena estrada de terra batida, que fez levantar uma nuvem de poeira. É claro que, por dentro, ambas estavam torcendo para que o resort não fosse ali, pois mesmo Alice, em suas reflexões acerca dos laços entre felicidade e simplicidade, ainda não estava preparada para tanto.

Bárbara chegou a se ajeitar no banco, querendo acreditar haver um engano, mas o homem estacionou o veículo e apontou para a placa na entrada do resort, que confirmava ser exatamente ali que ficava o Bamboo Eco Village.

Elas se entreolharam. Ficaram um tempo imóveis, absorvendo o lugar, como se pudessem se recusar a entrar no que tinham diante de si. A pousada não era bem uma pousada. Pelo menos, não como haviam imaginado. Na foto do site, parecia um pouco rústica, mas charmosa. Agora, sob a luz crua e esverdeada dos postes, a construção tinha um aspecto esquelético.

Um grupo de meia dúzia de homens sem camisa movia sacas de cimento de um lado a outro, tomando cuidado para não tombar nas pedras, nas telhas e na montanha de areia espalhadas pelo chão. Trabalhavam em silêncio sob lâmpadas fluorescentes presas a cabos improvisados, e nenhum deles parecia notar as duas. Os movimentos eram metódicos, quase autômatos, como se cavassem uma fundação para algo que nunca seria erguido.

O motorista da carroça pediu que aguardassem fazendo um gesto com a mão, e se meteu pelo corredor que devia dar na recepção.

Alguns minutos se passaram até ele retornar, acompanhado de um sujeito magro e risonho, com uma idade difícil de precisar.

— Bem-vindas, senhoritas! Perdão. Hoje, confusão aqui — disse, apontando para as sacas no chão.

— Escute, senhor — disse Alice —, imagino que tenha havido algum mal-entendido, eu e minha amiga fizemos uma reserva de duas noites no Bamboo Eco Village, em Wat Bo, mas acredito que, por algum motivo, não estejamos no lugar correto.

— Aqui mesmo! — devolveu o jovem com a empolgação de quem dá uma boa notícia.

— Deviam ter nos buscado no aeroporto às quatro horas. — Bárbara se esforçou para dar um tom de protesto à conversa.

O rapaz sorriu.

— Sejam bem-vindas! Mostrar o quarto de vocês.

Alice pescou o celular na bolsa para olhar o relógio. Já passava das seis e meia. Elas estavam exaustas, até para duas jovens de menos de 20 anos aquilo era mais do que o corpo podia aguentar. Dois voos, três baldeações, dois dias comendo comida com gosto de nada, mais de 48 horas em trânsito. A conta não fechava, precisavam de descanso e de uma refeição de verdade.

— Eu, Arum — disse o jovem anfitrião, indicando o caminho que deveriam seguir.

O motorista do tuk-tuk olhou para as viajantes com cara de quem apenas aguardava receber o pagamento. Alice pegou no bolso os dez dólares previamente separados e entregou ao condutor, que se despediu das clientes com um gesto de reverência.

Arum foi arrastando as malas por um estreito caminho que tangenciava a região em construção. O corpo magro quase envergava ao puxar as duas malas, mas ele olhava para trás e sorria, satisfeito em servi-las.

Os operários continuavam concentrados na tarefa de mover as sacas, ignorando quem estivesse passando.

Quando chegou à porta do quarto, Arum abriu um sorriso. Estava esfalfado, e uma gota de suor escorria pela testa. Abriu a porta e colocou as duas malas para dentro.

Por mais distante que a situação estivesse do ideal, quando fecharam a porta do quarto e se viram sozinhas, com a cama de casal arrumada para recebê-las, Alice e Bárbara sentiram algo próximo da felicidade. Pela primeira vez, em mais de dois dias, podiam esticar as costas completamente, relaxar, ouvir o silêncio. Com as cabeças afundadas no travesseiro gordo, radiografaram o quarto, branco e minimalista, apenas o quadro de um Buda gordo e risonho pendurado na parede da cabeceira da cama. Ficaram assim por alguns minutos, sem dirigirem a palavra uma à outra, apenas deixando o corpo processar as tantas horas de deslocamento.

Bárbara alisou a clavícula, parecia menos proeminente do que uma semana atrás. Pensou que com uma viagem de 48 horas conseguiria prolongar o tempo do jejum, mas tinha subestimado o tédio, a exaustão e, consequentemente, a tentação daquelas porcarias superfaturadas do aeroporto. Procurou checar a aparência na câmera do celular e abriu o TikTok. O algoritmo a havia lido com uma velocidade e precisão impressionantes. Não tinha nem uma semana que ela criara uma conta no perfil do aplicativo e ele parecia conhecê-la melhor que ela mesma. Um conhecimento de mãe, anterior ao da própria criatura.

Sentia certa culpa de voltar a consumir aquilo. Aquelas garotas esquálidas dando dicas de como se manter com a barriga chapada, não importando às custas de quantos desmaios, quedas de cabelo, doenças nos ossos.

Alice foi a primeira a romper o silêncio, com um suspiro sonoro, que pareceu sair do fundo da alma.

— Sabia que o Buda gordo é uma representação do contentamento? Acho incrível como os orientais são sábios. Sabem a hora de relaxar e apenas sentir gratidão.

Não houve resposta — a amiga já havia caído no sono — e Alice terminou por fazer o mesmo. Desfaleceram com os pés para fora da cama, em um sono profundo e reparador.

Bárbara foi a primeira a despertar, com a bexiga quase estourando. A noite já havia caído, e ela sentiu o silêncio pesar. Nenhum ruído de carros passando, nenhum sinal de que estavam a vinte minutos de qualquer coisa. Pegou o celular na cômoda, mas estava sem sinal. As cortinas não cobriam toda a janela. Se alguém se aproximasse, poderia com facilidade ver o interior da suíte. Um detalhe que poderia passar despercebido, mas não num lugar como aquele.

Foi ao banheiro. O box era amplo, talhado numa parede de cimento queimado, mas não havia uma cortina que o separasse do restante do banheiro. Não era de todo mau, mas estava bem distante do local que haviam visto nas fotos do site de hospedagem. Estava cansada, faminta e já começava a se questionar por que diabos a amiga, podendo viajar para qualquer canto do mundo, havia escolhido justamente aquele lugar. Poderiam estar numa capital europeia. Em alguma pousada cinco estrelas no nordeste brasileiro. Qualquer lugar que oferecesse conforto e previsibilidade. Mas Alice quis aquilo. Se aventurar, "se perder para se achar", como dizia. E agora elas estavam do outro lado do mundo, num país cercado de pobreza por todos os lados, e, como se não bastasse, ainda haviam sido vítimas de algum espertalhão querendo faturar em cima de turistas. Este pensamento a deixou de mau humor.

Saiu do quarto e foi até a recepção, mas não havia ninguém. O interior da pousada era ainda mais bizarro do que a fachada. O saguão era um espaço vazio, com um balcão sem ninguém e um quadro de avisos onde papéis mofados descolavam das bordas. O cheiro de umidade era denso, como se as paredes tivessem absorvido o suor de todos que já haviam passado por ali.

Os homens que trabalhavam na obra também tinham desaparecido. Tudo o que havia eram montes de cimento e areia, telhas e material de construção espalhados pelo chão, contornando o que seria num futuro uma piscina e tornando impraticável o trânsito dos hóspedes.

Ela tirou o celular do bolso. Continuava sem sinal. Acendeu a lanterna e apontou à frente, tentando obter uma visão do todo, até que enxergou do outro lado uma luz débil. Foi seguindo a pequena fonte de claridade, cuidando para não pisar nas montanhas de areia, e sentia a roupa grudar e o suor na cabeça começar a desfazer o tratamento nos cabelos, deixando a raiz oleosa.

Uma porta entreaberta deixava escapar um som baixinho de música oriental sabe-se lá em que idioma. Bárbara abriu-a lentamente e adentrou o lugar — uma sala vazia, com apenas uma mesa de madeira velha onde restava um abajur, um radinho de pilha e um punhado de dólares enrolados num elástico.

Foi quando Arum saiu de uma porta lateral, ajeitando a camisa para dentro da calça. De fato, havia nele algo que inspirava compaixão, um sorriso tolo de herói de mangá japonês, uma certeza de que havia vindo ao mundo para servir.

— Vem cá — disse Bárbara. — Você sabe onde podemos encontrar um restaurante aqui perto?

O funcionário coçou a cabeça nervosamente.

— Você fala inglês? — Bárbara perguntou.

— Inglês, pouquinho — ele respondeu, fazendo um gesto com o polegar e o indicador.

Bárbara se orgulhava de poucas coisas na sua vida, mas uma delas era do seu inglês, conquistado a duras penas na época em que ganhava comissões gordas vendendo roupas de bebês num shopping da Zona Sul e pôde pagar um curso.

— Eu sei que você não é o culpado disso, mas este lugar ainda não está pronto para receber hóspedes. — Apontou para as sacas de cimento espalhadas pelo chão, a prova cabal de que ele lhe devia alguma boa satisfação.

— Oh, sim, obras. Só até semana que vem, senhorita! — disse ele, genuinamente contente por poder passar à hóspede uma informação precisa.

Ora, ora, mas isso pouco importava, semana que vem já não estariam mais ali. A propósito, estariam bem longe, num confortável resort à beira de uma praia no sul da Tailândia, com as pernas para o ar.

— Estou com fome. Sabe como podemos conseguir algo para comer aqui por perto?

Ele disse alguma coisa num idioma ininteligível.

— O quê? — Bárbara franziu a testa.

— Noodles. — Ela entendeu por fim.

Bárbara fez um esforço para não olhar para a mesinha onde estavam o radinho de pilhas e o maço de dólares, mas justamente por isso, eles pareciam exercer um magnetismo irresistível.

Arum pareceu irritado com a curiosidade e arrastou-se até a mesa, guardando o dinheiro numa gaveta e voltando a pronunciar palavras ininteligíveis.

Aquela expressão a incomodou. Por que a olhava com desconfiança? Não era possível que aqueles olhos redondos, tão ocidentais, não fossem o bastante para que fosse considerada uma cidadã confiável. Mais do que isso: uma cidadã desejável, prestes a levar um pouco da cultura de um país que, bem ou mal, estava acima nas listagens oficiais de desenvolvimento humano daquele em que ela se encontrava. Ela não estava na Escandinávia, pelo amor de deus, era uma ousadia um sujeito num degrau ainda mais baixo que o dela na escala global das minorias estivesse tratando-a daquele jeito.

— Bom, vou indo. Obrigada — disse, por fim, antes de virar as costas.

6.

Alice olhou pela fresta da cortina. A recepção lá fora permanecia vazia.

— Sem condições de dormir nesse fim de mundo! — disse Bárbara, acendendo um cigarro e dando uma tragada funda.

Alice teve a sensação de que na voz da amiga havia uma censura que sorrateiramente a culpava por estarem em tais circunstâncias. E o pior é que, no fundo, ela também se sentia culpada. Quase podia ouvir os pensamentos de Bárbara dizendo "Eu disse pra procurarmos outro lugar", "Por que não ir direto curtir as praias na Tailândia?". Mas ela tinha feito questão de ir antes para o Camboja, conhecer os templos de Siem Reap e vilarejos onde poderia fazer algum trabalho voluntário no futuro. Ainda por cima tinha batido o pé para ir especificamente para aquela pousada.

— E como é que vamos sair daqui agora? — disse Alice, temendo dar início a uma discussão.

— E se a gente andar um pouco, procurar uma daquelas carroças? Sempre tem alguém por aí caçando turistas dispostos a pagar.

— Estamos a pelo menos vinte, trinta minutos do centro, Bárbara. Não vamos conseguir nada a essa hora — disse.

Bárbara se levantou, soltou uma baforada e andou até a porta da suíte.

— E essa bosta aqui nem tranca tem. Como vamos dormir desse jeito?

Alice sentiu um frio no estômago. Elas estavam sozinhas. Não havia recepção. Não havia hóspedes. Só aquele silêncio do lado de fora. Pegou um cigarro do maço de Bárbara e sentou-se na beira da cama, o Buda gordinho sorrindo na sua direção. Ela tinha 13 anos quando Valentina contou para ela como eram as férias de fim de ano com a família. Búzios há muito já não era o litoral sossegado e idílico que tinha feito seus pais comprarem a casa vinte anos antes, mas era o destino da família ainda assim. Acordavam cedo, até porque Nina, a irmãzinha mais nova de Valentina, não dava sossego; às cinco horas começava a se agitar no berço e às sete a mãe já estava exausta, arrastando a família para a rua para não enlouquecer sozinha. Passavam a manhã na Praia de Geribá, fazendo castelos na areia, bloqueador solar fator 70, mar, sacolé de manga, o pai levando Nina no colo até o mar, o vento quente no rosto. Tudo normal. Tudo seguro.

Às onze horas começavam a arrumar as coisas para voltar para casa e almoçar. Então Valentina mencionou Eduardo, o caseiro. O homem que aparava a grama enquanto elas voltavam da praia. O cheiro da relva cortada. O barulho da máquina: vrum-vrum. Um dia, a mãe, provavelmente exausta, adormeceu no andar de cima, e ela, no sofá, acordou com Eduardo lambendo seu pescoço. Paralisada, olhou para ele, que sussurrou algo em seu ouvido e continuou passeando com a língua áspera pelo seu corpo pequeno, uma besta excitada com o cheiro de medo da presa.

Alice sentiu um calafrio subir pelo pescoço. Valentina nunca havia contado nada para a mãe. Nunca havia contado nada para ninguém além dela. Alice também nunca perguntou mais nada. Mas agora, sentada ali, naquele lugar estranho e isolado, ela pensava naquilo como uma profecia. Como se aquele medo fosse um vírus, uma maldição passada de mulher para mulher. Pensou nas histórias que tinha lido no livro sobre o Camboja. Nos relatos das mulheres que haviam sobrevivido ao regime de Pol Pot. Os estupros, os sequestros, os corpos atirados nos campos de extermínio. Elas estavam no país onde mulheres haviam sido violadas e depois forçadas a se casar com seus estupradores. Onde soldados haviam arrancado os bebês dos ventres das mães para que não restassem descendentes de intelectuais, médicos, professores. Onde pessoas, um dia, desapareceram, sem nome, sem identidade, sem história.

Bárbara estalou os dedos na frente dela.

— Por onde você anda, criatura? Que lugar sinistro, hein.

Aos poucos, Alice foi saindo do transe.

— Preciso comer alguma coisa — Bárbara disse, massageando as têmporas. — Estou com a cabeça explodindo depois desse tempo todo em jejum.

— Claro. Vou procurar saber onde podemos ir comer alguma coisa.

— Não tem ninguém na recepção, aquele cambojano sonso desapareceu.

Bárbara estava irada, e com razão. Como assim não havia ninguém na recepção? Eles esperavam que elas bebessem água da pia? Que pagassem sessenta dólares para dormir naquela porcaria de lugar, sem estrutura e sem segurança? A suspeita de que estavam sendo vítimas de um golpe voltou a perturbá-la.

— O que pode ter acontecido pra ele sair assim? — aventou Alice.

— O que aconteceu foi que caímos numa baita de uma enrascada, isso, sim. Onde já se viu um hotel sem hóspedes e sem recepção? — Bárbara tragou o cigarro com força. — Você precisa ver que lugar bizarro. Antes de você acordar, fui atrás dele pra perguntar sobre o restaurante, e você tinha que ver. Isso parece um set de filme de terror.

— Fala mais baixo — sussurrou Alice, fazendo um gesto com o indicador.

Elas ouviram um som suave e abafado. O coração de Alice batia tão forte que ela sentiu o pulso nas têmporas.

— Excuse me — ouviram uma voz baixa, em inglês carregado, seguida de três toques leves e hesitantes. A maçaneta girou lentamente, e então a pessoa se anunciou: Era Arum. Trazendo uma bandeja com dois pratos e dois copos.

— Noodles — disse, e retirou as cloches dos pratos revelando um cheiro quente e adocicado. Em seguida, deixou a comida sobre a mesa e recuou rapidamente até a porta.

Alice agradeceu.

— Vamos comer — disse, assim que o recepcionista saiu.

Bárbara suspirou.

— Se eu morrer aqui, a culpa é sua.

7.

Bárbara rolou para o lado e encontrou a cama vazia, os lençóis amassados. O quarto estava em silêncio, exceto pelo zunido abafado das lâmpadas. Um vento quente balançava a cortina fina, deixando entrar uma luminosidade opaca.

Vestiu os chinelos e foi até a porta, abrindo-a devagar.

A recepção, que na noite anterior era um espaço morto e abandonado, agora exalava um cheiro acolhedor de café, e sobre uma mesa de madeira havia uma garrafa térmica rodeada de pães e frutas.

Alice estava sentada ali, tomando café, o corpo levemente inclinado para frente. O homem com que conversava vestia um dólmã azul-marinho e tinha os cabelos pretos penteados para trás com gel.

— Senhorita, peço minhas sinceras desculpas pelos transtornos causados ontem. — Seu inglês era claro e modulado por um charmoso sotaque oriental, mas havia algo de asséptico nele, algo de excessivamente limpo e artificial. — O café da manhã de vocês está servido — disse.

Alice sorriu, meneando a cabeça com uma compreensão que Bárbara não reconhecia. Como se estivesse tentando ser diplomática. Ou, pior: como se estivesse sendo condescendente.

Bárbara se arrastou até a mesa, ainda sonolenta, soltou uma banana do cacho e se serviu com uma generosa xícara de café.

— Pon está contando a história dele para mim — Alice disse, animada. — Não quer sentar com a gente? — Mas Bárbara virou as costas sem responder e seguiu para o quarto.

Ele contava sobre sua infância em Yum Pi, sobre a fome e o calor, sobre a decisão de deixar tudo para trás e ir estudar em Phnom Penh, onde dividia um quarto com outros dez estudantes, todos dormindo no chão, amontoados como sacos de arroz.

— Às vezes, eu acordava com ratos no meu travesseiro. Insetos andando sobre minha pele. Mas eu sabia que precisava suportar.

Os olhos de Alice brilhavam, quanta presença de espírito, pensava, quanta força. Diante daquele relato, sentia-se envergonhada da sua vida no Rio de Janeiro, Soraia gastando as manhãs no telefone, o jantar na mesma hora todos os dias. Os pais viviam trancados naquela bolha de emoções seguras, rotinas, tratamentos para prevenir doenças e retardar a velhice, detentores do controle remoto da própria vida. Como poderia ser uma artista sem nunca ter tocado o mundo de verdade? Ela precisava furar a redoma de segurança em que havia sido colocada.

— Quando o dinheiro que eu tinha juntado para sair da minha cidade estava acabando — Pon dizia —, tive que encontrar um trabalho. Um chinês dono de um hotel achou que eu tinha boa aparência e me chamou para trabalhar com ele por cinquenta dólares por mês.

Alice segurou a xícara com mais força. Cinquenta dólares? Aquilo era o que ela gastava toda semana em cookies e cafés nos intervalos das aulas. Esse pensamento a envergonhou. Ela nunca passaria fome, nunca dividiria uma casa com ratos, nunca conheceria o mundo como ele realmente era. Talvez Thiago estivesse certo. Ela era mesmo uma garotinha mimada pela vida burguesa, e não existia nada capaz de mudar este fato. Havia um abismo impossível de ser transposto entre aquelas existências. "Eu é um outro". A maior alucinação poética dos últimos séculos.

— Na época, para quem não tinha nada, era um salário enorme — disse Pon —, mas logo percebi que poderia ganhar mais se aprendesse inglês. O Camboja começou a receber gente do mundo todo, especialmente chineses e europeus. Comecei, então, a estudar pelo YouTube, todo dia passava horas vendo vídeos de aulas de inglês até aprender.

Alice o fitava com admiração, a cabeça fazendo pequenos círculos como um cachorrinho de brinquedo desses que taxistas usam para enfeitar o painel do carro.

Quando Bárbara voltou com seu cigarro e mau humor, ela já se levantava da mesa.

— Que horas vocês saem amanhã para o aeroporto? — perguntou Pon.

— Sete da manhã. Vamos pra Krabi — disse Alice.

— É um lugar lindo. Em que hotel vão ficar? — ele quis saber. — Tenho um amigo que trabalha lá, ele poderá ajudar vocês, se precisarem.

— Phra Nang Beach Hotel — A resposta escapou antes que Alice pudesse contê-la, e ela se arrependeu no mesmo instante.

O hotel de Pra Nang Beach era um dos mais caros da Tailândia. Um lugar onde Pon provavelmente jamais pisaria — e agora ela tinha esfregado isso na cara dele. Por mais que procurasse se educar, demonstrar empatia, algo dentro dela falava mais alto. Algo cruel. Corrompido.

— Bom, vamos nos arrumar para irmos para os templos, estamos ansiosas para conhecer a cidade.

— Posso chamar o motorista de vocês. Ele poderá acompanhá-las durante o dia — ele disse.

Alice sorriu, agradecida.

Quando se afastaram o suficiente para não serem ouvidas, Bárbara explodiu:

— Pirou de vez?

Alice talvez não tivesse ouvido, pois continuou andando.

— Não tínhamos combinado de sair pra procurar outro lugar?

— Não é nada disso — Alice, então, repassou a explicação dada por Pon, de que a falha havia sido da plataforma de reservas, que havia encaminhado ao hotel as datas erradas. Mas agora tudo estava resolvido, assegurou. — Olha o que temos agora. — E mostrou a chave que o recepcionista havia lhe entregado momentos antes.

— Olha esse lugar — Bárbara apontou ao redor as telhas empilhadas, os sacos de cimento rasgados, as paredes incompletas. — Acha mesmo que estamos seguras aqui?

— Entendo que a noite passada foi estranha, mas chegamos aqui antes da inauguração da pousada por causa de um erro da plataforma de hospedagem. Eles não tiveram culpa, Barbs. São boas pessoas.

— Alice, se eles são boas ou más pessoas eu não sei. O que eu sei é que esse lugar aqui não tem condições de receber hóspedes. Vamos pedir o dinheiro de volta e procurar outro lugar.

— Não vamos conseguir estorno no mesmo dia, e eu não quero perder o único dia que temos aqui resolvendo isso. Não vamos morrer de ficar mais uma noite. Vamos tentar entrar no espírito da viagem.

— *Espírito da viagem* — Bárbara repetiu, rindo pelo nariz.

Um sentimento de raiva fisgou Alice. Não que as opiniões da amiga não fossem bem-vindas — se existia o julgamento de alguém que ela levava em consideração era o de Bárbara —, mas tinha a sensação de que ela estava falando um pouco mais do que deveria para alguém que estava viajando com tudo pago.

O restante da conversa se deu de forma tácita. Afinal, dizer certas coisas pode desestabilizar o fino equilíbrio que nos mantém sobre nossos próprios pés.

As duas se encaravam como se travassem um diálogo em silêncio.

Eu não acredito que você vai me obrigar a ficar nesse lugar nas minhas férias.

Ah, é? E quem disse que as férias são suas?

8.

Eram mais de duzentas pedras com a imagem de Buda esculpida. Chega uma hora em que tudo começa a ficar muito parecido, mas elas não foram até lá para serem vencidas. Quando o mundo parecia querer jogá-las numa onda de tédio, algo novo atraía seus olhares, pois o interesse sempre se renova de dentro para fora, e elas sabiam disso. Um monge passando do outro lado, um novo ângulo da construção para uma foto, as nuvens formando dragões no céu. O Bayon era realmente impressionante, com suas torres góticas com imagens da face de Avalokiteshvara. Um rosto multiplicado centenas de vezes, vigiando todas as direções.

Bárbara deslizava os dedos sobre a tela do celular, checando as fotos feitas no caminho até o Angkor. Tinham ficado de dar inveja a qualquer jovem deslizando o feed do Instagram em busca de algo para desejar. Era uma entusiasta das novas tecnologias. Pensava naqueles cinegrafistas dos anos sessenta, carregando aquelas câmeras enormes, verdadeiros trambolhos, tendo de planejar cada plano a ser filmado, porque a película era cara, e o dinheiro, pouco. Uma câmera na mão, uma ideia na cabeça. E o resultado eram aquelas histórias chatas, repletas de pedagogia moral e hermetismos, que só agradavam pessoas endinheiradas e excêntricas. Embora admirasse algumas de suas obras, aquele estilo de vida não lhe interessava. Mas o digital tinha revolucionado tudo: a produção em massa, os circuitos lógicos. Tudo em nome da rapidez e da eficiência. Poucos esforços, muitos resultados. O mundo deveria ser sempre assim, pensava.

Alice demorou um pouco mais para sacar o telefone. Gostava de, antes de começar a fotografar, capturar a essência do ambiente, para que uma vez enquadrada e congelada em imagem, sua natureza se revelasse. Andava devagar, os pés chutando a poeira seca do caminho.

— Olha isso. — Bárbara apontou para a entrada do Ta Prohm.

O imenso templo havia sido construído entre os séculos IX e XV durante o Império Khmer para satisfazer os desejos megalomaníacos do monarca, que havia esculpido com o suor dos cambojanos um imenso santuário em homenagem à mãe. Os templos do norte e do sul haviam sido dedicados ao guru do rei, seu irmão mais velho. Séculos depois, os hinduístas haviam colocado tudo abaixo. Imperava ali uma beleza diferente das pedras talhadas na forma de Buda, da simetria perfeita e da construção suntuosa do Angkor Wat. Quilômetros e quilômetros de imensas raízes enroscavam-se entre ruínas colossais, como serpentes. O governo cambojano havia decidido não restaurar os escombros, como havia feito com os demais templos. E estavam ali para quem quisesse testemunhar a história.

— Dá para acreditar que os hindus destruíram tudo isso como vingança? Não sei como se faz um estrago desses sem as tecnologias que a gente tem hoje — Bárbara comentou enquanto fazia novos cliques. — Por isso não me meto com religião. No final das contas, é tudo igual.

— O budismo não é uma religião, Bárbara, é uma filosofia — argumentou Alice.

— Filosofia, religião... no final, é tudo a mesma coisa. Seres humanos querendo provar sua verdade e subjugar os outros.

— É claro que tem gente ruim em todo lugar, Bárbara, mas não dá pra generalizar. Olha a quantidade de merda que os cristãos já fizeram. Não tem comparação.

— E quem disse que estou defendendo cristão? — rebateu. — Pra mim, tanto faz. No final, todo mundo acha que tem uma linha direta com Deus, e é isso que ferra tudo.

Alice suspirou, chutando uma pedra do caminho.

— Você sempre faz isso.

— Isso o quê?

— Reduz tudo ao mesmo nível. Como se nada tivesse nuances. Como se todo mundo fosse igualmente ruim.

Bárbara riu pelo nariz, sem tirar os olhos do visor da câmera.

— E você sempre faz isso. Fica tentando encontrar uma justificativa pra tudo. Como se fosse sua missão entender o mundo.

— Alguém tem que entender. Ou pelo menos se esforçar pra isso.

— E depois fazer o quê? Escrever um textão? Me poupa, vai.

Alice parou de andar, sentindo o sol queimar a nuca.

— Não é sobre isso. — Ela abriu a boca, mas não soube responder. Não conseguia encontrar as palavras certas. Afinal, era sobre o quê? Sobre ajudar? Sobre fazer parte de algo maior? Tudo soava deslocado, ingênuo. Ridículo. — Sei lá — murmurou. — Tentar entender.

Bárbara riu.

— Entender o quê, Alice? Por que as pessoas matam umas às outras? Por que todo lugar é uma merda de certa forma? Tá perdendo tempo.

Alice voltou a andar, sem dizer nada. Sacou finalmente o celular da bolsa e saiu em andança para fazer fotos. Era um dos lugares mais impressionantes em que já havia estado. A beleza da destruição e da vida que nascia a partir dela. Da luta entre a natureza e a civilização. Arriscou-se no meio das ruínas, tentando ouvir o que as pedras lhe diziam. A vida era úmida ali dentro, com as paredes de pedra cobertas por musgo. Quando saiu, deu de cara com uma criança. Era uma menina pequena, uns seis anos talvez. Magra, os cabelos lisos, a pele manchada de poeira.

Alice sorriu, instintivamente tentou afagar seu cabelo, mas a criança recuou como um animal acuado.

— Não precisa ter medo de mim.

A menina olhou para ela. Seus dentes eram pequenos e cheios de cáries escuras.

— One dollar — ela disse.

Alice se ajoelhou, tentando suavizar a barreira entre elas.

— Eu, Brasil. Você conhece? Já ouviu falar no meu país?

A menina balançou a cabeça afirmativamente, mas sem muito interesse.

Com um gesto, Alice pediu para tirar uma foto com a criança, que se posicionou ao seu lado, tímida. Alice fez uma careta engraçada, mas não conseguiu arrancar reação.

— One dollar — a menina repetiu.

Alice sentiu um aperto no peito.

— Qual o seu nome, querida? Eu, Alice.

— Oeun — disse a garotinha.

— Oeun, por que você não está na escola? Crianças devem estudar durante o dia.

Onde estão seus pais?

Mas a criança não parava de repetir a mesma frase.

Alice meteu a mão na doleira e entregou uma nota de um dólar para Oeun, que agarrou a nota rapidamente, dobrando-a com cuidado antes de enfiá-la no bolso do short puído e sujo com elefantinhos desenhados. Depois, pegou na mão de Alice e não largou mais.

Foi quando Bárbara apareceu por entre as ruínas.

— Que isso, querida? Tá sequestrando crianças agora?

Alice paralisou.

— Me dá, quero ver as fotos que você fez. — Bárbara tomou o celular da mão dela, que continuava sem saber o que fazer para se livrar da menina.

Alice olhou para Oeun.

— Você tá com fome? — perguntou.

A menina fez que não com a cabeça.

Alice pensou em dar mais dinheiro, mas não tinha notas pequenas. Pediu o auxílio de Bárbara.

— Não tenho trocado. E se você for dar um dólar para cada criança que aparecer, vamos terminar a viagem sem um tostão. Vamos por aqui, quero te mostrar uma coisa. — Puxou-a pelo braço, tentando deixar de vez a pequena criatura para trás.

Entre duas pedras, uma monja de túnica laranja cercada de velas e incenso dava a bênção a turistas em troca de contribuições voluntárias.

— Vai lá, tira uma foto com a monja — disse Bárbara.

Mas Alice não conseguia se concentrar. Oeun começou a puxá-la para outro lado, insistente.

Sem saber como agir, deixou-se levar pela menina até uma área cercada por arame farpado, onde uma imensa árvore crescia entre as pedras e uma placa vermelha com letras brancas advertia:

PERIGO: MINAS TERRESTRES. NÃO ATRAVESSE.

— Não podemos entrar aí, Oeun, é perigoso. Onde estão seus pais?

Alice já tinha ouvido falar sobre as minas do Camboja, uma herança do Khmer Vermelho. Os soldados do regime tinham instalado mais de quatro milhões de explosivos como represália aos rebeldes. Mais de sessenta mil pessoas mortas, mais de duzentas mil amputadas.

Pensou na história que corria debaixo da poeira, misturada ao sangue seco de uma geração inteira. O Khmer Vermelho não queria pessoas inteligentes. Queria um país puro, agrário, onde todos fossem iguais, e a única maneira de alcançar essa igualdade era eliminar qualquer um que fosse diferente. Pensou em Pol Pot. No sorriso quase gentil nas fotos. O olhar macio, desumano. Um homem que decidiu que só existia um caminho possível para o futuro para o Camboja: a aniquilação.

Ela sentiu um arrepio, não de medo, mas de algo mais profundo. O pensamento de que aquele horror havia passado, mas que nada jamais passava de verdade. Estava ali, entranhado no chão, no ar, nas árvores que continuavam a crescer sobre as ossadas dos mortos.

Pegou o celular, sem desbloqueá-lo, e ficou olhando o reflexo do próprio rosto na tela preta.

— Alice, tá louca? Tô te procurando há mais de quinze minutos. — Bárbara a puxou por trás. — Não aguento mais ver ruína, vamos procurar alguma coisa para comer.

— O que vamos fazer com ela? — sussurrou, apontando na direção da criança.

— Como assim o que vamos fazer com ela? Não vamos fazer nada com ela.

— Não podemos deixar uma criança assim, perdida dos pais.

— E quem disse que ela está perdida dos pais, Alice? Tem um monte de criança zanzando sozinha atrás de dinheiro, se você não reparou.

De fato, havia, Bárbara estava certa. Mas algo dizia à Alice que ela tinha o dever de ajudar aquela menina em especial. Sob qualquer perspectiva moral aceitável, ela não deveria sair dali sem a certeza de que aquela criança estaria bem. Mas a verdade é que não sabia por onde começar. Daria um pouco mais de dinheiro? Tentaria encontrar os seus responsáveis? Levaria a criança consigo?

Seguir adiante deixava de ser um movimento natural. Às vezes a realidade confrontava o personagem, obrigando-o a fazer escolhas, era o que aprendia nas aulas de roteiro da faculdade. E agora Oeun era a realidade, batendo bem ali, na sua porta.

Sentiu o peso da impotência esmagar seu corpo.

Bárbara suspirou.

— Vem, toma aqui — tirou uma nota de cinco dólares da bolsa e um chiclete dos que mascava para distrair a fome e se manter na dieta, e entregou para a menina.

Oeun fez um gesto de reverência, virou as costas e saiu correndo, perdendo-se entre as ruínas.

— Satisfeita? Vem, agora vamos — disse Bárbara, arrastando-a.

E por mais simples que tivesse sido a solução da amiga, Alice sentiu que a vida retomava seu fluxo normal, como se uma enorme barragem tivesse sido retirada de um rio, liberando novamente seu curso.

9.

O céu escuro, sem lua, pesava sobre elas, e o ar quente de Siem Reap parecia se adensar à medida que o tuk-tuk se afastava do centro iluminado de Angkor, mergulhando em ruas de terra com construções baixas, cabanas dispersas e terrenos baldios. Ainda sonolenta pelo balançar da carroça, Alice sentiu o estômago roncar e ajeitou-se no banco de trás. Virou-se para Bárbara, que seguia distraída, os olhos baixos na tela do celular, tentando capturar algum resquício de sinal de wi-fi.

O letreiro da pizzaria surgiu como um lampejo no breu, piscando num ritmo irregular entre um vermelho e um amarelo pálidos. "Happy Pizza", lia-se, em letras um pouco apagadas. Alice havia pedido que Nheam, o condutor responsável por elas, as levasse em um restaurante típico da cidade — não imaginava que seria uma pizzaria.

Um grupo de europeus ocupava uma mesa no centro do salão, jogando as cabeças para trás em risadas bêbadas. No balcão, dentro de um aquário sujo, um peixe se movia preguiçosamente.

— Happy pizza? — perguntou Nheam, dando uma risadinha.

Bárbara riu, desconfortável.

— Como assim, happy pizza? — disse Alice.

— Pizza boa. Muito feliz — ele repetiu, rindo.

Depois, pediu licença para se levantar e se moveu, lépido, até a mesa dos europeus. Um viking, de cabelos longos e barba arranjada na forma de uma trança até o peito, tragou um enorme cigarro de maconha, antes de gargalhar.

— Good marijuana? — perguntou Nheam.

— A melhor de todas — declarou o gigante, soltando lentamente a fumaça e unindo num gesto as pontas dos dedos.

— Boa erva, erva perigosa — disse Nheam com um sorriso cafetão.

Alice não conseguiu esconder o constrangimento, mas esforçou-se para sorrir. Pegou o celular para ver se tinha novas mensagens da mãe, respondeu dizendo que estavam numa pizzaria em Siem Reap e que estava tudo bem. Em seguida, enviou as fotos tiradas ao longo do dia nos templos e deixou o celular na mesa aguardando as imagens carregarem.

Por fim, a garçonete surgiu ao lado da mesa. Era jovem, sisuda, a pele marcada pelo sol. Alice só percebeu os dedos amputados quando a moça largou a pizza sobre a mesa, num gesto brusco. Havia um vão liso na sua mão direita, bem ali onde deveriam estar os dedos mínimo e anelar, e Alice sentiu o estômago embrulhar. Lembrou-se das minas terrestres, da quantidade genocida de explosivos que haviam ficado sob o solo mesmo depois do fim do Khmer Vermelho, da foto de um campo de pernas ortopédicas que vira numa reportagem sobre o Camboja.

— Alice? — Bárbara chamou sua atenção para a comida.

Era uma pizza enorme, de mais de quarenta centímetros, e assim que aquele pensamento se esvaiu, ela se lançou prontamente sobre ela. De repente, deu-se conta do quanto estava faminta. A fome que sentia parecia vir de um lugar primitivo, ancestral, quase metafísico. Não se lembrava da última vez que havia sentido tamanho apetite. Até Bárbara, acostumada a terminar as refeições primeiro, assustou-se com a velocidade com que ela engolira a primeira fatia.

— Preciso ir ao banheiro — Alice anunciou.

O toalete era muito diferente de qualquer banheiro no qual já tinha estado, a ponto de se perguntar como podiam usar a mesma palavra para definir experiências tão diferentes. O sanitário era um assento instalado no próprio chão, e os dejetos ficavam boiando na latrina. Havia também uma grande caçamba de água onde uma panela ficava flutuando, e concluiu que era com aquilo que as pessoas se livravam das suas próprias necessidades.

A situação provocou um calafrio involuntário em Alice, uma sensação que beirava a repulsa. Mas admitir este sentimento era vergonhoso, quase obsceno — as pessoas não viviam naquela situação porque queriam, afinal. Demorou um pouco para conseguir relaxar a bexiga e liberar o líquido represado, e não o conseguiu sem deixar um filete escorrer pelas pernas.

Quando saiu do banheiro, Alice paralisou. Oeun estava ali. Parada entre as mesas, descalça, o short de elefantinhos amassado, encarando-a.

— Oeun? — ela chamou, mas a menina não respondeu. Parecia flutuar entre as sombras, os pés sujos de poeira.

Alice sentiu uma vertigem amolecer o corpo. O mundo pareceu desacelerar e o barulho ao redor tornou-se um zumbido abafado. Fechou os olhos por alguns segundos, e quando abriu Oeun já a havia conduzido até uma nova mesa. Estava sentadinha, as pupilas atentas, como uma boa aluna.

— Querida, como você chegou aqui? Está com fome, quer comer alguma coisa? — acenou para a garçonete.

— Uma pizza, por favor. Quer uma Coca-Cola também? — Voltou-se para a menina, que fez que sim com a cabeça.

— Oeun, você está sozinha? Seus pais estão aqui?

A criança balançou a cabeça negativamente.

— E como chegou aqui, posso saber? Já percebi que não gosta muito de falar. Será que o gato comeu a sua língua? — Ela riu. — No Brasil, a gente fala assim, quando alguém fica muito tempo sem dizer nada. Você consegue entender o que estou dizendo?

A menina ficou imóvel, com um olhar neutro.

— Seus pais sabem onde você está?

A garçonete trouxe a pizza e a Coca-Cola, e a menina avançou sobre a comida.

— Você tem família, Oeun? Por que sua mãe não está aqui? Sabe, eu entendo que nem sempre os pais são a melhor companhia. Eles podem ser um pé no saco, Oeun, eu sei disso, não pense que não. Minha mãe não é uma má pessoa, mas é a criatura mais fútil que eu já conheci. Ela tem um quarto com mais de cento e cinquenta pares de sapato. Já vi ela comprar até bolsa repetida, porque compra tanta coisa, que se esquece do que já tem. Ela compra todas essas coisas porque quer ser admirada, mas quem vai admirar uma pessoa assim?

A criança continuava comendo sem tirar os olhos da pizza.

— Essa pizza está boa? Eu devia ter trazido uns doces também. Você gosta de doce, Oeun? Na minha casa, a gente sempre tem doces. Minha mãe tem uma cristaleira cheia de frutas cristalizadas. Ela não come, porque acha que engordam, mas acha que as visitas gostam, então enche umas três cristaleiras de doces, mas ninguém come tanto assim. A não ser meu pai. Ele sempre come, mesmo sem fome. Vou te falar, meu pai é um cara bem esquisito, ele tem um quadro de acrílico na entrada de casa, onde coloca todas as chaves. Chave de casa, do carro dele, do meu, da minha mãe. Se alguém tira uma daquelas chaves de lá, ele fica furioso, transtornado, é como se o mundo dele tivesse acabado, sabe.

Alice fez uma pausa e passou a mão nos cabelos, meio perdida. Agora Oeun mastigava devagar, olhando para ela.

— Eu às vezes acho que as pessoas que têm muito não conseguem mais sentir as coisas de verdade. É como se tivessem anestesiadas, sabe? Mas talvez eu esteja errada. Eu fico me perguntando o que é viver de verdade. Você sabe, Oeun? — sorriu de lado. — Talvez você saiba. Aposto que sabe.

Alice tocou a mão da menina, e ela permaneceu impassível.

— Eu sempre quis estudar cinema, mas depois que entrei na faculdade, vi que não tinha uma boa história para contar. Nenhum bom cineasta fala sobre a própria vida, eles falam sobre as vidas dos outros. Quem sabe você não me conta algo sobre a sua vida? Eu podia contar um pouco sobre você e a sua vida. Eu gostaria de contar as histórias de outras pessoas. Quando eu estava na terceira série, havia uma garota na minha turma que não tinha mãe. Todo Dia das Mães, eu queria sumir. Ela ficava lá, tentando sorrir, e eu... sorria de volta, como se tudo estivesse bem. Mas não estava. Não é certo uma criança não ter mãe. Não é justo. Eu me perguntava se ela não queria me bater por isso. Talvez quisesse. Talvez você também queira. Eu sinto muito, Oeun. Sinto muito mesmo. Eu queria ser uma boa pessoa. Queria que as coisas fossem mais fáceis.

Oeun limpou os lábios com o dorso da mão, mas continuou em silêncio.

— Sinto muito, eu falei sem parar, não é? Esqueci que minha amiga está me esperando para comermos. Você conheceu ela nos templos, lembra? Quer sentar com a gente?

A menina não respondeu, parecia não ter entendido.

— Eu vou ali falar com ela, e volto logo, tudo bem? Não sai daqui.

Bárbara pareceu não perceber Alice chegar. Passava os dedos pelos cabelos, inquieta, o olhar fixo em um lugar que parecia existir somente em sua cabeça.

Então, Alice riu. Uma risada errada, solta, que se desmanchou tão rápido quanto veio.

Happy pizza, pensou. Happy pizza. E riu de si mesma. Um nome besta, desses para divertir turistas. A tal pizza de maconha sobre a qual já tinham, inclusive, lido durante a preparação do roteiro da viagem. Como tinham deixado passar desapercebido?

— Meu cabelo — Bárbara gritou, passando os dedos pelos fios e puxando-os com força. — Tem terra no meu cabelo.

— Bárbara — ela deu uma risada —, estamos chapadas.

— Só tem terra nesse lugar. Olha aqui! — Bárbara sacudia os cabelos vigorosamente. Começava sentir as árvores do Ta Prohm nascendo em seu couro cabeludo, uma ruína enroscada por galhos se expandindo em direção ao infinito. — As minas, Alice! E se agora tiver alguma mina no meu cabelo?

Alice ria sozinha.

— Peraí, deixa eu ver, vem cá.

— Quero ir embora — suplicou Bárbara. — Alice, meu cabelo, vou explodir.

— Espera um pouco, vou pegar a lanterna do celular pra espiar. Não sai daqui.

Ela se arrastou até a mesa onde Oeun a aguardava, mas a menina não estava mais lá. Não havia sinal da garota e nem do seu celular.

O susto daquela constatação pareceu devolver-lhe um pouco à realidade.

— Posso ajudar, moça? — O viking chegou por trás.

— Meu celular, perdi meu celular. Eu deixei ele bem aqui. — Ela apontou para a mesa onde minutos atrás Oeun comia a pizza. — E a menina que estava comigo, você viu?

— Esperar um pouco — o gigante respondeu com um riso torto no canto da boca. — Hey. — Ele estalou os dedos no ar e disse para os amigos na mesa alguma coisa num idioma que Alice suspeitou ser dinamarquês ou norueguês.

Os homens responderam algo ininteligível para ele e riram.

— Senhorita, não acha essa roupa inapropriada para uma cidade de monges? — ele perguntou dando uma gargalhada, com o olhar vidrado nas pernas de Alice.

De repente, tudo soou ameaçador. A noite, o lugar com a fachada em neon piscando no meio do nada, aquele homem enorme com a barba trançada até o peito diante dela. Tinha achado que Nheam estava se afastando demais do centro de Angkor, mas resistiu em dizer isso, não queria parecer uma garota mimada e desconfiada.

Caminhou de volta até Bárbara. Estava recostada ao banco com os lábios pálidos.

— Vamos embora daqui — disse. Mas se deu conta de que não havia mais visto Nheam desde que pediram a pizza. Passou os olhos uma última vez pela pizzaria. Procurava o rosto de Oeun, de Nheam, mas só encontrava figuras borradas, sombras em movimento, um riso fora de lugar. O corpo ainda pesava. As pontas dos dedos estavam frias.

Caminhou até o balcão, onde a garçonete limpava uma superfície já suja demais para que fizesse diferença.

— Desculpe, senhorita... você viu um celular? Com uma capinha roxa, deixei bem naquela mesa. Alguém pegou quando me levantei. E eu... eu não posso ir embora sem ele.

A garçonete não ergueu os olhos. Continuou limpando.

— Senhorita?

— Desculpe, moça, mas esse é um lugar de pessoas honestas. A senhora deve ter se confundido. Me dá licença, por favor.

Alice recuou um passo, sentindo um misto de vergonha e injustiça. Olhou em volta de novo, os olhos marejando.

— Alguém roubou meu celular — disse, agora para Bárbara, que a observava de longe, ainda coçando a cabeça com um ar ausente. — Precisamos fazer alguma coisa.

— Fazer o quê, Alice? Não tem nada que possamos fazer.

— Eu só... Tava ali, eu tenho certeza. Foi ela — movimentou levemente a cabeça na direção do balcão. — Você viu a forma como ela me respondeu?

— Você precisa aprender a olhar suas coisas. Não tem como acusar ninguém assim.

Alice a fitou, o rosto sem expressão, esperando que Bárbara retirasse o que havia falado. Mas ela não retirou.

— Assim como?

— Assim do nada.

Não respondeu. Ficou parada, o rosto voltado para o chão, os olhos grudados num ponto qualquer entre os azulejos.

— Vamos embora daqui — Bárbara disse, mais baixo. — Por favor.

Alice assentiu, mas demorou a se mover. O corpo obedecia devagar, como se a ordem tivesse que atravessar camadas grossas antes de se converter em ação. Pensava no celular, na garçonete, em Oeun. Tudo se embaralhava: o dia nos templos, a fumaça da pizza, a sensação de ter sido ridicularizada, a vergonha por ter falado demais, sentido demais, confiado demais. Sentia-se pequena, tola, infantil.

Elas saíram da pizzaria aos tropeços. O tuk-tuk continuava estacionado à frente, mas Nheam não estava ali. Não havia nenhuma alma viva. Somente o céu escuro, o letreiro piscando atrás delas, e um som distante de motor vindo de algum lugar.

10.

O tuk-tuk serpenteava pela estrada de terra batida e uma faixa poeirenta cortava a vegetação de capim-elefante. Alice não sabia dizer se era efeito da erva ou do roubo na pizzaria, mas sentia uma tristeza envolver seu corpo, deixando a realidade levemente distante. Teve vontade de mandar uma mensagem para Soraia, só para dizer que estava tudo bem, que elas já estavam voltando para a pousada, que no dia seguinte já estariam na Tailândia, numa praia linda. A mãe perguntaria sobre os cuidados com o passaporte, sobre a comida, se ela estava comendo bem, que não podia emagrecer. O pai ao fundo iria querer saber do dinheiro, se estava dando, e ela responderia que nem precisava ter levado todos aqueles dólares, risos. Mas sentia também um pouco de vergonha por desejar aquilo, um sinal de fraqueza, querer falar com os pais, sentir o cheiro de casa, pisar no chão seguro. Havia viajado com a certeza de que encontraria no desconhecido uma espécie de salvação, e agora estava ali, querendo de alguma maneira se agarrar às velhas certezas.

Observava as cabanas rústicas com tetos de palha se derramando em meio aos vastos campos de arroz, apenas um búfalo aqui e ali repousando numa poça de lama. Como viveriam as famílias dentro daquelas casas, será que sobreviviam com cerca de um dólar por dia, como Pon na sua época de estudante? Como estaria aquele lugar agora se não tivesse sido destruído pelo Khmer Vermelho? Tinha ficado impressionada com o relato do livro lido no avião, de uma sobrevivente do regime que tinha perdido toda a sua família. Ela dizia que Siem Reap era uma das cidades mais lindas do Camboja. A pobreza que Alice via agora não existia. As pessoas viviam com dignidade e alegria. Havia bons hospitais e boas escolas, mas o regime de Pol Pot destruíra tudo. Professores, artistas e intelectuais, todos perseguidos, pois o Khmer Vermelho acreditava que eram uma ameaça ao comunismo. Gente corrompida pelo sistema. Ela imaginava as pessoas sendo evacuadas de suas casas, mandadas para os campos de trabalho forçado, os soldados atrás, antes de morrerem de inanição ou malária. Um horror que não cabia nas palavras. As crianças morrendo esquálidas, com moscas rondando seus corpos. Gente chafurdando a terra como se fossem porcos, atrás de raízes e tubérculos para enganar a fome. Mães desesperadas que acabavam matando seus filhos por clemência e depois cometendo suicídio. Homens enlouquecidos pela fome que acabavam comendo cogumelos venenosos e morriam se contorcendo e espumando até o último suspiro. Mais de dois milhões de cambojanos exterminados, quase vinte e cinco por cento da população na época. Depois do genocídio, o Estado se ressentiria das baixas e, a fim de incrementar novamente o número de habitantes, trancaria mulheres e rapazes em idade fértil num galpão, obrigando-os a transar, como bichos. Os ecos do relato, diante da paisagem, fizeram os olhos de Alice se encherem de água.

Do outro lado, Bárbara contava as horas para tomarem o avião para a Tailândia. Já havia visto miséria suficiente na sua infância e sabia bem como era. Lembrava-se das estradas de terra de São Gonçalo, as capivaras que atravessavam as ruas como se fossem gente, apenas a igreja Universal e o shopping a quebrar a monotonia dos tons pastéis, a irmã grávida descobrindo que havia ficado tarde para o aborto, o bebê já com quatro meses, já com sexo definido, e ela dizendo "a academia não dá mais resultados", e de repente era mais um para alimentar, para dividir o que já era pouco e aos poucos ia se tornando nada. Aquele lugar a estava deixando ansiosa, e ela já sabia como o círculo funcionava: a ansiedade dava fome, e a fome a deixava com pensamentos obsessivos por comida.

Quando chegaram de volta ao resort já passava das dez. A recepção estava vazia mais uma vez, mas o efeito da erva havia deixado Alice e Bárbara derrotadas demais para se importar com isso. Foram direto para o quarto, tiraram os calçados em silêncio e Bárbara se encaminhou para o chuveiro, precisava se livrar daquele cheiro de terra, de suor, de fracasso.

Alice começou a arrumar seus pertences, aproximava-se a hora de partir. Sentiu vontade de mandar uma mensagem para Soraia, mas lembrou-se que não tinha mais celular. Mais cedo, na pizzaria, a mãe havia mandado uma foto de Enzo, era sempre a mesma coisa, o animal como uma pedra no meio da sala, a mensagem que dizia, "O fofucho manda oi"; mas, pela primeira vez, o que em qualquer outro momento a teria irritado fez com que ela sentisse um gosto distante de saudade, ainda que não conseguisse identificar exatamente do quê. Talvez fosse do Rio de Janeiro e de quando a cidade parecia tranquila vista da janela do prédio de Helena, a brisa quente e úmida do Rio, a intensidade e os barulhos, e a possibilidade de fazer parte disso tudo mas à distância, com uma margem de segurança; ou talvez fosse da mãe dizendo que ela deveria fazer isso, que não podia fazer aquilo, e agora pensava, por que diabos tinha permitido justamente que ela viajasse sozinha com uma amiga para o outro lado do mundo?, que espécie de mãe faz isso? Agora aquela permissão lhe parecia um absurdo, quase uma negligência; culpava a mãe por ter ido parar naquela pousada precária, por ter sido roubada, por estar num lugar que não era nada do que havia imaginado. Como podia ter sido tão ingênua?

Sentou-se no chão do quarto e começou a chorar sem conseguir evitar, encolhida contra a cama.

Bárbara apareceu ao lado, enrolada na toalha, e a abraçou. Mas por um instante, pensou também ter sentido na respiração da amiga, no longo suspiro que soltou, um lampejo de impaciência, talvez um cansaço diante do seu desamparo. E ela tinha que admitir que Bárbara estava certa. Por que não tinham ido direto para a Tailândia? De repente, tudo aquilo lhe soou um capricho — a passagem por Siem Reap, a pousada afastada, a incursão pelos templos — e ela parecia exatamente aquilo que mais queria evitar parecer: uma garotinha rica e mimada.

— Você estava certa. Não devíamos ter vindo pra esse lugar. — Era hora de levantar a bandeira branca.

— Está tudo bem. Logo mais vamos embora daqui. Toma. — Bárbara pescou o celular da mesinha de cabeceira. — Manda uma mensagem pra sua mãe. Ela deve estar tentando falar com você.

Quando digitou a mensagem para Soraia, os olhos de Alice se encheram de água novamente. Depois, arrastou a mochila no chão e tirou dela uma garrafa cheia com uma bebida licorosa.

— Cacete, Alice, o que é isso? — Bárbara deu uma risada.

No fundo da garrafa jazia um escorpião que parecia querer se desintegrar a qualquer momento no líquido turvo e denso.

— Comprei por curiosidade numa tenda daquelas em Angkor. Dizem que quem bebe absorve a energia vital do animal — riu. — Acho que estamos precisando.

— Aham. Também dizem que uns turistas já morreram assim, sua louca.

Era difícil dizer o que sentia por Bárbara. Sabia apenas que era diferente do que sentia por Valentina, pelas amigas da escola. As amizades que cultivara na sua vida até então pareciam se estabelecer a partir de uma junção de afinidades e circunstâncias. Mas não era bem isso com Bárbara. A relação delas parecia se sustentar sobre algo menos nítido. Havia coisas em Bárbara que a irritavam profundamente — seu jeito às vezes excessivo, sua fome de atenção dos homens — mas também havia algo que a atraía. Uma espontaneidade, uma forma direta de encarar as coisas, um egoísmo que nela soaria mesquinho, mas que em Bárbara parecia honesto, justo. Às vezes gostaria de ter um pouco daquilo para si, dentro dela os pensamentos pareciam dar voltas desnecessárias, andar em círculos, um cachorro atrás do próprio rabo.

— Bom, vamos saber agora qual delas é verdade — disse, por fim, e as duas caíram na risada.

O líquido desceu áspero, queimando a garganta, parecia que algo havia escapado do escorpião e agora se espalhava por suas mucosas, músculos e sangue. O teto se afastou devagar.

Agora, Bárbara secava os cabelos com uma toalha. Os movimentos amplos deixavam rastros de calor no ar, e pela primeira vez, Alice teve a sensação de compreender aquela coreografia de presença: a ocupação inteira do espaço, o direito de existir sem pensar mais do que deveria, o lixo se acumulando nos cantos. Nunca havia conseguido se mover daquele jeito.

Tomou mais um gole. O gosto amargo, quase metálico, grudava na boca. Já não sabia mais se era o efeito do álcool, dos vestígios da erva ou do veneno do escorpião, mas via agora as unhas de Bárbara, firmes, pintadas de vermelho, como parte de sua própria mão; e os cabelos rebeldes, o jeito de jogar a cabeça para trás quando ria — tudo surgia agora dentro dela como memória de algo vívido. Lembrou-se de Bárbara de quatro no chão, um pouco de vômito no queixo, o copo com vodca voando pelos ares, e ela ali, e elas voltando de ônibus para casa, a cidade engolindo os postes, o viaduto.

As imagens vieram fragmentadas. A chegada à pousada, os homens levando as sacas de cimento, o medo, Valentina, a voz abafada dentro dela, a mesma de sempre, sussurrando que era melhor não ir por ali, não tão longe, não tão tarde, num lugar que não conhecia. Mas ela havia calado a voz de novo. Por medo de parecer mimada. Por medo de parecer paranoica. Por medo de parecer.

Pegou a garrafa mais uma vez e virou de leve, observando o escorpião, imóvel no fundo. Então esticou o braço até a nécessaire de Bárbara, abriu o pequeno estojo de maquiagem e reitoru dali o frasco de esmalte vermelho.

— Me empresta? — perguntou, já desenroscando a tampa.

Bárbara, já na cama, deu de ombros.

— É todo seu.

Ela encostou o pincel no polegar e viu o esmalte se espalhar devagar, uma faixa vermelha e lustrosa sobre a unha branca. Pintou uma, depois outra, depois outra. O cheiro ácido invadiu o quarto, misturado ao álcool, ao suor e à umidade. Quando terminou a última unha, ficou um tempo olhando para as mãos, antes de se estender na cama, o ventilador rodando lento no teto. Bárbara dormia, os cabelos ainda úmidos, o rosto finalmente sereno. Alice aproximou o rosto e alisou seus cabelos.

Agora faltavam poucas horas para a partida para a Tailândia. Na garrafa de licor, no chão, o escorpião restava ao fundo, intacto, guardando o seu veneno.

PARTE 2

1.

O bom de um lugar no qual você nunca esteve é poder fazer dele o que você desejar. Não importava que as notícias que chegassem do Sudeste Asiático no Ocidente, na maior parte das vezes, parecessem contos de terror, com répteis bizarros assombrando turistas em parques e beiras de rios, ou que os filmes e séries norte-americanos insistissem em retratar a Tailândia como um refúgio exótico de praias virgens e florestas densas; na imaginação de Bárbara, ficou apenas a jura de festas regadas a álcool, turistas europeus descolados e cenários que prometiam liberdade e esquecimento.

De onde estavam, era possível ver a longa escadaria que subiram para chegar ali, com o auxílio de dois funcionários devidamente engomados para carregar as malas, e abaixo, em todo seu esplendor, repousava o mar de Phra Nang, recortado por imensas pedras. O fim da tarde marcava o mar com cores alaranjadas, como em um quadro impressionista, e Bárbara sentiu uma brisa fresca acariciar o seu rosto. Era um pouco alto demais, e subir aquela escadaria todas as vezes que saíssem pareceu um pouco desanimador, mas o esforço era recompensado com a paisagem deslumbrante que agora podia ver. Tudo bem.

Ela não era tão ingênua, sabia que estar diante do belo exigia sacrifício. Por trás da foto perfeita, alguém que ficou numa pose constrangedora; por trás da luz ideal, uma longa espera. O que importava era que tudo aquilo agora estava ali, ao alcance dos seus olhos.

Assim que terminou de conferir os passaportes de Alice e Bárbara, a recepcionista abriu um mapa no balcão.

— Estamos aqui — disse, apontando para um pequeno ponto identificado com o número um. A planta mostrava as instalações da pousada e a praia de Phra Nang. — As balsas do hotel para Railay saem todos os dias de hora em hora, até as seis da tarde.

As duas olhavam atentas.

— Vocês também podem acessar Railay pela via terrestre. É só seguir o caminho. Estarão lá em meia hora e é uma bonita caminhada. O café da manhã vai de sete e meia até as dez e meia.

— Pagamos tudo na entrada? — perguntou Alice.

— São vinte mil bahts agora. A outra metade vocês pagam quando saírem — disse.

Um tailandês com cara de cão culpado chegou ao salão para conduzi-las até a suíte.

— Sejam bem-vindas, senhoritas — sorriu tímido, lançando-se sobre as malas. Foram seguindo o sujeito, enquanto admiravam as instalações do lugar: de um lado, destacava-se uma piscina com borda infinita, cuja água parecia se fundir com o mar lá embaixo. Do outro, podiam ver um deque onde ficava um restaurante. Bangalôs modernos geminados se espalhavam pelo gramado, e havia micos circulando livremente pelo espaço.

— Cinquenta por cento da energia do hotel é produzida através de fontes limpas — explicou o jovem. — E parte da água é aquecida por placas solares.

O funcionário pegou a chave num dos bolsos do seu dólmã e abriu a porta da suíte, colocou as duas malas para dentro e ligou o ar-condicionado com o controle que ficava em cima da mesinha. Em seguida, explicou o funcionamento do aparelho de forma metódica, fazendo questão de mostrar a funcionalidade de cada botão.

Era um belo quarto, com uma cama king size de lençóis brancos e travesseiros gordos e macios, uma escrivaninha espaçosa onde podiam usar o laptop, uma varanda com vista para a praia de Phra Nang e uma rede em que podiam ler e contemplar a paisagem.

Alice agradeceu ao funcionário e lhe entregou satisfeita uma nota de cinco dólares. O jovem fez um gesto de reverência e deixou o quarto.

— Vou tomar um banho — anunciou Bárbara.

Desde a última noite em Siem Reap, que uma atmosfera diferente havia se instalado entre elas. Uma espécie de vontade genuína de ser gentil uma com a outra. Havia gestos e palavras mais medidas, uma bandeira branca tremulando para lembrar que, às vezes, mais importante do que olhar as diferenças, é pensar nos objetivos comuns. E por mais precária que essa atmosfera pudesse ser, havia um esforço verdadeiro, quase comovente, de mantê-la. Como um casal que, depois de fazer as pazes, decide prolongar ao máximo a atmosfera de rendição.

Alice observava as peças de cerâmicas espalhadas pelo quarto. Pescou a que restava na mesa de cabeceira e aproximou da vista para ver de perto; era uma peça de muito bom gosto, da qual saía uma etiqueta em papiro informando que aquele vaso havia sido "feito por mãos tailandesas".

Levantou-se da cama e escolheu um vestido de alcinha azul-bebê para ir jantar. É impressionante o que um momento de felicidade é capaz de fazer a um corpo. As olheiras do dia anterior haviam sido praticamente apagadas, o abatimento parecia ter se dissipado e cedido novamente lugar ao brilho nos olhos, àquele desejo cismado de se deslumbrar com o desconhecido.

Bárbara saiu do banheiro já vestida, e um odor refrescante, de sabonete e água fria, tomou conta do quarto.

O restaurante tinha a vista para o mar. No coração do salão, um círculo de mulheres jovens e loiras compartilhava risadas. Alice não pôde deixar de notar as mãos delas, grandes, quase desproporcionais, lembrando estátuas de mármore de heróis gregos. Esse detalhe a fez lembrar de uma viagem de trem pela Holanda, quando um holandês perto dos quarenta se sentou ao seu lado, pegou sua mão e com uma sinceridade desarmante disse: "Eu me casaria com você".

Alice sabia que estava relativamente dentro dos padrões do que era belo em qualquer cultura ocidental que fosse. Ainda assim se surpreendeu com um gesto daqueles vindo de alguém que vivia numa cidade com tantas mulheres altas, de cabelos lisos e olhos azuis como um fim de tarde ensolarado.

"Dá um tempo, vai. Eu me casaria com *qualquer* daquelas garotas lá fora. Elas são perfeitas", disse Alice. Pedalavam com a postura ereta como se fossem personagens de um filme de Godard, a paisagem simétrica atrás, as casinhas todas do mesmo tamanho.

"Nenhuma delas tem as suas mãos", ele respondeu. O sujeito tinha a cara redonda e vermelha como um tomate, e Alice achou a cantada meio brega na hora, mas depois gostou de pensar que pudessem existir, em outros lugares do mundo, homens capazes de olhar para algo nas mulheres além de suas bundas e peitos. Até se arrependeu de não ter dado um beijo nele, seria uma boa história para contar depois: um flerte no trem, o interior da Holanda correndo pelo vidro da janela. Mas, depois desse dia, passou a prestar atenção nas mãos das pessoas, e elas eram a primeira coisa em que reparava na hora de decidir os homens com quem se relacionava. Comprou um livro, *O que dizem as mãos*, que depois se tornaria o primeiro de uma sequência que nunca mais teria fim, sobre comportamento e espiritualidade.

— Adoro esse olhar de desprezo — disse Bárbara dando uma risada e tirando Alice dos devaneios.

— O que foi?

A atenção da amiga tinha ido parar num jovem solitário, que lia um livro impossível de identificar àquela distância, a camiseta preta marcando os bíceps e os olhos emoldurados por sobrancelhas grossas.

— Ai, Bárbara, sinceramente... Sua mente está poluída de tanto pensar em homem.

— Desculpe, querida, mas não tenho vocação para ser lésbica — deu uma risada escandalosa.

Alice riu.

— Não tem nada a ver com isso, palhaça. Vem cá, que eu sei muito bem no que você vai adorar pensar. Um bom drink. — E puxou a amiga até a mesa desejada.

Um garçom simpático, de camiseta florida no estilo havaiano, se apresentou.

— Sejam bem-vindas, senhoritas. Nós, do Phra Nang Beach Hotel, nos sentimos muito felizes em recebê-las. — Seus dentes eram projetados para frente, mal cabiam na boca, e havia tanto espaço entre eles que era possível colocar um dedo ali. Deixou dois cardápios na mesa e se posicionou a poucos metros, deixando claro que estava disponível assim que as jovens decidissem o que desejavam.

— É impressão minha ou ele está olhando pra cá? — Bárbara ajeitou o cabelo atrás da orelha. — Dá uma espiada. Como quem não quer nada.

Alice não demorou para entender. Em outra ocasião teria repreendido Bárbara, aconselhado que ela não devia colocar os homens tão no centro dos seus interesses assim — nunca valia a pena, no final das contas —, mas lembrou-se da bandeira branca e decidiu entrar na brincadeira.

— Olhando ele está, mas não crie muitas expectativas. Esses europeus são muito lerdos. Demoram uma eternidade para se aproximar e quando finalmente chegam já querem logo casar com você.

— Vai que é um argentino.

— Nem a pau que esse sem graça tem sangue *hermano* correndo nas veias — Alice inspecionou o cardápio e escolheu um steak com fritas. Depois da montanha-russa dos últimos dias, queria algo familiar.

— Uma salada tropical — pediu Bárbara.

— Bárbara, você precisa comer algo com mais substância. Praticamente não comeu nada desde que chegamos.

— Não tenho o seu corpo, meu bem. Se como um prato desses, amanhã acordo dois quilos mais gorda — disse, com bom humor.

Olhando agora, quase parece que elas estão perto de agarrar a felicidade, que vão passar a noite falando de homens e das festas da Tailândia, entre drinks e confissões que amigas fazem umas para as outras em noites como essas, que a gente lembra porque tudo ao redor parece perder o peso e conseguimos não pensar em nada além daquilo que estamos fazendo.

Mas em breve essa atmosfera leve, quase fútil, vai ficar para trás, porque Bárbara vai procurar no cardápio por um drink, e o garçom de camiseta havaiana vai dizer que eles não servem bebidas alcoólicas naquele restaurante, porque ele é propriedade de muçulmanos e os mandamentos do Alcorão não permitem que sirvam álcool.

Bárbara vai rir, como se fosse uma piada. Um riso meio histérico, um pouco descontrolado.

— Você está brincando, né? — ela vai perguntar, tentando parecer descontraída, mas sua expressão vai entregar um cansaço acumulado, uma espécie de frustração que até então tinha sido mantida sob controle.

O garçom não vai responder de imediato. Vai dar um sorriso educado, quase enigmático, e vai indicar com o dedo uma pequena placa na parede que explica as regras do restaurante. Alice vai seguir o gesto com os olhos e, por um segundo, vai sentir como se o ambiente inteiro tivesse perdido a cor.

Bárbara vai deixar o cardápio cair sobre a mesa, encarando o espaço vazio à sua frente.

— Não é possível… — ela vai murmurar.

— Acho que a gente pode pedir um suco — Alice vai sugerir, tentando quebrar o silêncio que vai se formar, mas sua voz vai soar pequena, quase infantil. E ela vai entender a frustração da amiga, vai entender que ela queria só um momento de esquecimento, algo que fizesse toda a tensão dos últimos dias se dissipar, mesmo que só por algumas horas. Ela mesma também queria isso. Algo simples, que parecesse fazer sentido.

— Me desculpe, mas isso é um absurdo. Não podem nos privar do direito de beber por convicções pessoais — Bárbara disse finalmente.

Alice assentiu com a cabeça.

— Sinto muito, senhorita — ele disse, olhando novamente para os lados. — Entendo sua frustração. Também não acho certo. Nós, budistas, não pensamos dessa maneira.

— Então você não é muçulmano... — Bárbara tentava compreender.

— Não, senhorita. Nem todos são muçulmanos aqui, mas é mais fácil conseguir trabalho na ilha se você for islã. Eles têm muito dinheiro, podem fazer o que querem — sussurrou. — Com licença, vou fazer o pedido de vocês. — E saiu.

— Olha quem vem vindo nessa direção — disse Alice, tentando restabelecer o clima de boas promessas que, de repente, havia se dissipado.

Bárbara endireitou a postura, e, de canto de olho, acompanhou os passos do rapaz que há poucos minutos observava do outro lado do restaurante. O jovem passou por elas, parou no balcão e trocou algumas palavras com o garçom. Depois, deu uma olhada na direção delas, antes de sair do salão.

Elas saíram do restaurante meio sem rumo, atravessando o jardim iluminado pelas luzes amareladas que contornavam o caminho de pedras. O som das ondas chegava meio abafado, como se o mar também estivesse cansado.

Bárbara acendeu um cigarro e ofereceu para Alice, que recusou com um gesto de mão.

— Estou fumando demais. Você também não devia fumar tanto — disse.

— Achei que um câncer de pulmão seria uma boa lembrança dessa viagem. — Bárbara riu com o canto da boca, soprando a fumaça para cima.

— Eu sei. Essa de não poder beber foi foda. Não estávamos esperando por isso, né?

— Pior que esses muçulmanos são uma praga. Ainda vão tomar conta do mundo.

— Não podemos generalizar — racionalizou Alice. — Nós, ocidentais, também não somos exemplo para ninguém.

Bárbara deu de ombros, dando mais um trago no cigarro.

— E nem dá pra sair daqui agora pra gente procurar um lugar legal pra tomar alguma coisa. Não saem mais balsas depois das seis. Estamos num paraíso, mas presas. Que coisa mais ridícula, viu. — Soltou uma baforada lentamente, observando a forma como a fumaça densa se dispersava.

Alice ficou em silêncio.

— Eu só queria parar de pensar um pouco — disse Bárbara. — Pensar é um hábito nocivo, sabia? Mata mais que cigarro.

Alice observou o caminho de pedras iluminadas e pensou que Bárbara estava certa. Pensar demais complicava tudo. Talvez devessem inventar uma pílula capaz de distrair os pensamentos, de nos permitir deslizar por eles sem que fôssemos notados, nos levando direto ao coração da vida.

— Só estava pensando que seria mais fácil se tudo viesse com um botão de desligar, sabe? Tipo: "clique aqui para não dar a mínima" — disse Bárbara.

— Se descobrir onde vende, me avisa. — Alice riu com o canto da boca.

— Sabe o que eu acho engraçado? Eu aqui, num lugar que todo mundo sonha em conhecer, e tudo que consigo pensar é no quanto a minha vida está fodida.

— Sua vida não está fodida.

Bárbara soltou a fumaça do cigarro.

— Deixa pra lá.

— Não. Fala — disse Alice.

— Só estou cansada de que ter que me virar sozinha sempre. É exaustivo.

— Você não está sozinha.

— Aham. Experimenta ter uma mãe que só sabe falar no maldito cara que já foi embora há dez anos e trabalha feito louca pra ajudar a filha que fez duas crianças com outro filho da puta que sumiu no mundo.

Alice abriu a boca para responder, mas Bárbara deu um tapa leve no ombro dela, quebrando o clima.

— Chega de drama, tá? Vamos fazer o seguinte: amanhã a gente vai pra praia e eu quero você me obrigando a entrar na água. Mesmo que esteja congelada. Nada de ficar pensando merda.

— Combinado — Alice riu.

2.

Existe um tipo de fúria que só mulheres exaustas conseguem transformar em celebração. Elas entraram no quarto ainda sentindo o gosto da frustração, mas a noite tinha outros planos para elas. Na mesinha de centro, repousava um balde de gelo com vodca, energéticos e um bilhete sem assinatura: "Sejam bem-vindas. Espero que aproveitem a noite".

Alice sugeriu ser o garçom querendo agradá-las, mas Bárbara levantou a hipótese de tudo não passar de uma provocação. Uma forma de lembrá-las que estavam sendo observadas. A verdade é que não sabiam bem como entender aquele gesto, era algo que ficava numa zona cinzenta entre a gentileza e o mau gosto.

— Quer saber? — disse Alice. — Só aceito essa garrafa vazia. Vamos mostrar quem é que manda nessa porra — disse, dando um tapa na mesa. — Estamos ou não estamos pagando pra estar aqui?

Isso bastou. Bárbara deu uma gargalhada e, como um feitiço, uma nova atmosfera se instalou no quarto.

— *So what's the plan, Thelma? You just gonna stay drunk?* — disse Bárbara, fingindo olhar por debaixo de óculos imaginários.

— *Try to* — disse Alice, rindo como Geena Davis.

— É... Ridley Scott pode passar a vida fazendo filmes ruins. Seu lugar no Olimpo já está garantido.

Alice estendeu o braço, pegou uma das latinhas de energético e abriu também.

— Um brinde à decadência com ar-condicionado.

— E à vigilância 24 horas.

— Isso se a câmera não estiver escondida no vaso sanitário.

As duas deram uma risada em uníssono, e Bárbara serviu as doses nos copos baixos do minibar.

Alice ligou a televisão num canal qualquer e deixou o volume subir. Na tela, Lana Del Rey se contorcia ao lado de texanos sem rosto, oferecendo o corpo em troca de carona no deserto. Havia algo de hipnótico naquela melancolia, algo que Alice não sabia bem explicar. Lana à beira de um colapso — nas mãos de homens brutos, encostada em carros poeirentos como se procurasse um abrigo impossível.

— Essa aí perdeu a mão no preenchimento labial, né? — disse Bárbara.

Alice demorou para entender.

— O quê? Ah, e daí? Se ela acha bonito. Você já reparou como ninguém nunca critica homem nenhum? — disse Alice, acendendo o primeiro cigarro da noite.

Aquilo era típico de Alice, pensou Bárbara. Transformar críticas pessoais em discursos genéricos e moralizantes. Quando queria endereçar uma crítica a alguém falava em termos gerais para fazer parecer que não estava atacando a pessoa especificamente. Era óbvio que aquele "você já reparou como ninguém nunca critica os homens" era direcionado a ela, mas Bárbara achou melhor se calar. O álcool já começava a fazer efeito, e a noite parecia bonita pela primeira vez, com as estrelas anunciando o amanhã de sol por entre as copas das árvores, que dançavam animadas por um vento suave.

Elas demoraram um pouco para perceber que os ruídos que ouviam não vinham da televisão, mas do quarto ao lado. Primeiro, pensaram serem barulho de um casal transando, mas logo ficou claro que havia uma mulher gritando.

Alice diminuiu o volume da música para que pudessem ouvir com mais clareza.

Bárbara se levantou e foi até a parede escutar.

— Acha que devemos ligar para a recepção? — perguntou Alice.

Ela pegou o telefone, mas não houve resposta. Os gritos cessaram logo em seguida.

— Será que ela está bem? — perguntou Alice, ainda com o fone na mão.

Bárbara não respondeu logo. Continuava encostada na parede.

— Talvez estivessem só transando. O mundo tá cheio de gente com fetiches estranhos — riu.

— Bárbara, agora não. Não é hora pra piada. Isso foi bizarro.

— Eu sei. Mas... o que a gente faz? Eles não atendem. E a gente não fala essa maldita língua.

Alice apertou o cigarro entre os dedos e foi até a varanda. O horizonte parecia menor agora, quase sufocante.

— Eu não consigo ignorar. Sério. Se fosse comigo... — ela começou.

— Eu sei — disse Bárbara, rápida demais. — Mas não foi.

— Você acha que estou exagerando.

— Eu acho que você às vezes pensa que pode controlar tudo.

— Bárbara, fui eu quem decidiu o roteiro das férias, quem escolheu aquela maldita pousada achando que tava abafando. E mesmo assim nada saiu como o planejado. Então não, eu não acho que posso controlar porcaria nenhuma.

— Mas tenta.

— Claro que tento. Se eu não tento manter as coisas em pé, você finge que não tem nada acontecendo. Como agora.

Bárbara desviou o olhar e deu uma tragada.

— Você acha que o quê? Que eu não ouvi aquela mulher gritar? Mas o que podemos fazer?

— Eu acho que você faz de tudo pra não se abalar com as coisas. E, foi mal, amiga, mas isso não é ser forte, é só jogar as coisas pra debaixo do tapete.

— Ai, Alice, sem teoria agora. Será que não podemos voltar a tentar aproveitar a noite? Tivemos dias infernais.

Alice recuou um pouco, como quem leva um tapa e precisa confirmar se doeu mesmo.

O celular de Bárbara vibrou de modo insistente.

— É melhor dar logo notícias para sua mãe. Toma, ela já mandou quinhentas mensagens — disse, oferecendo o celular.

— Ah, manda aí pra mim — resmungou.

— Não sei como vocês se falam, Alice.

— Como assim como *vocês* se falam? O tipo de mensagem que você manda para a sua mãe.

— Minha mãe sequer tem WhatsApp. E ela não fica perguntando como estou toda hora.

— Hum.

— Toma, ela tá te ligando.

— Oi, mãe — disse conferindo as unhas e arrancando uma cutícula com o dente. — Tá tudo bem.

— Como tá tudo bem, Alice? Tô tentando falar com você desde ontem. Mandei mais de vinte mensagens para a sua amiga já.

— Não vou ficar pedindo o celular dela toda hora, Soraia. Já te expliquei ontem o que aconteceu, para de ser tão ansiosa.

— Como você perde o celular do outro lado do mundo, minha filha? Eu e seu pai estamos preocupados.

— Tá tudo bem, mãe, já disse. Estamos num lugar lindo. Espera um segundo.

Tirou uma selfie no deque da varanda e enviou.

— Satisfeita? Tenho que desligar agora. Te amo. Manda beijo pro papai.

— Se cuida, minha filha. Fecha a mala de vocês com cadeado, por favor. Te amo muito.

Devolveu o celular para Bárbara e bebeu mais um gole da vodca com energético.

— Você já pensou em namorar meninas? — perguntou Bárbara, subitamente encorajada pelo álcool.

Alice gargalhou, não estava esperando aquela pergunta, embora no fundo talvez desejasse que ela fosse feita.

— Quêeee? Não! Quer dizer, sei lá. Nunca me senti atraída por nenhuma mulher especificamente. Mas não gosto de me rotular — respondeu, derramando uma nova latinha de energético no copo.

— Hum — grunhiu Bárbara. Teve vontade de dizer que a amiga também não costumava se sentir especificamente atraída por homens, mas achou melhor ficar calada.

— Até hoje só senti vontade de namorar garotos, mas não vou dizer que nunca. Acho que amor não escolhe gênero, é mais uma questão de pessoa, sei lá. Acho que potencialmente todos somos bissexuais.

— Cruzes. Não chupo uma buceta nem se o último homem do mundo for aquele garçom chinês de roupa florida.

— Tailandês, louca. Humm, já imaginou ele fazendo carícias lá embaixo com aqueles dentinhos? — Alice simulou uma sucção com a boca, dando risada.

— Ah, vai pastar — respondeu Bárbara, soltando a fumaça e rindo. Deu mais um trago no cigarro e ficou observando o movimento da fumaça deixando tudo atrás em câmera lenta.

— Por mim tudo bem você gostar de garotas, tá? Você sabe que não me importo com essas coisas — disse, carinhosamente.

— Credo, parece que tem alguma coisa podre na minha barriga desde que saímos de Siem Reap — Alice levou a mão ao abdômen. — Acho que foi aquele licor maldito.

— Não sei onde a gente estava com a cabeça pra tomar aquela porcaria.

Alice piscou longamente.

— Acho que vou vomitar. — E correu para o banheiro.

Bárbara sentiu uma leve fisgada de inveja, ainda faltava para ela ficar bêbada a ponto de vomitar, colocando para fora aquela vodca e energético genérico, e uma culpa começava a aparecer no fundo, diluída na névoa do álcool. Demorou para identificar que o ruído que estava ouvindo era de Alice gritando no banheiro.

Chegou para ver a amiga jogada no chão, o vômito fazendo um caminho até o pé do vaso sanitário.

— Uma *bara...da* — Alice tentava apontar com o dedo indicador, o braço molenga. Tentava acertar o animal com a toalha de rosto sem sucesso, os movimentos em câmera lenta enquanto a dita cuja levantava voo, ganhando o quarto.

É claro que a situação era inaceitável. Moralmente inaceitável. Elas não haviam pagado pouco para estar ali, era o segundo hotel mais caro de Krabi, perdendo apenas para uma pousada que ficava literalmente dentro da praia de Railay, com balsas privadas para te levar a qualquer ilha no momento em que desejasse e quartos com piscinas privativas. Essa opção não combinava com o espírito que Alice queria dar à viagem, mas o hotel de Phra Nang Beach não ficava muito atrás. O mínimo que se podia esperar era uma estadia sem sobressaltos e sem insetos repulsivos caminhando por cima dos seus lençóis.

— Porra, Alice, e agora? Como vamos tirar esse bicho daqui?

De quatro no chão, Alice ria.

— Tem que ir pedir ajuda na *recebzão.* — Deu uma risada de bêbada.

Bárbara foi até a mesa na ponta dos pés para buscar o maço de cigarro, enquanto inspecionava com o olhar o quarto em busca do animal, que perdera de vista depois do rasante.

No caminho até o lobby, finalmente o corpo deu sinal de estar vivo. O estômago se contraiu empurrando o que havia de podre pelo esôfago e depois para fora da boca, e Bárbara sentiu o cheiro doce e azedo do energético misturado ao álcool. Ao menos, havia conseguido despejar tudo no canteiro, evitando um desastre maior.

Na recepção, dois homens fardados conversavam com o atendente — um tailandês baixote, de cabelos tão pretos que pareciam azuis. Os policiais tinham a expressão tensa, cansada. Nada parecia em ordem ali. Talvez a pousada estivesse mesmo descumprindo alguma regra básica, o que fazia todo sentido, considerando os inconvenientes que tinham tido desde que chegaram.

A presença dos guardas deu à Bárbara uma dose momentânea de coragem. Assim que os dois viraram de costas, ela se aproximou do balcão.

— Tem uma barata no nosso quarto — disse.

O funcionário a olhou com desinteresse. Fez um gesto vago com a mão, apontando para o queixo dela.

Bárbara passou os dedos no rosto e sentiu uma crosta úmida, resto do vômito. Limpou-se com a manga da blusa, sem cerimônia.

— Tem uma barata gigante no nosso quarto, senhor.

O homem deu uma risada.

— Aqui é mata, senhorita. Tailândia, mata. Mata, insetos.

Ela respirou fundo. Um esforço consciente para não retrucar.

— Você e sua amiga, de onde são?

— Brasil — ela respondeu intrigada com o rumo que a conversa estava tomando.

Ele riu de novo, mais alto.

— Brasileiras... brasileiros acostumados com mata, acostumado com bichos. Com selva.

Bárbara fechou os olhos por um segundo. Sentia que a próxima lufada de vômito estava prestes a chegar e por um momento desejou que o jato viscoso voasse direto na cara dele.

O homem então se agachou. Puxou debaixo do balcão um tubo colorido de inseticida e o colocou sobre a bancada. Como se aquilo resolvesse tudo.

— Isso deve ajudar.

Bárbara virou as costas e voltou para o quarto para fazer o que tinha que fazer.

No quarto, Alice seguia jogada no chão de banheiro. A barata ainda não havia reaparecido. Mas ela sabia que ela ainda estava lá. Esperando.

3.

Bárbara foi a primeira a acordar. O relógio do celular marcava dez e dezoito, caso se apresassem ainda conseguiriam pegar o final do café da manhã do hotel. O único desafio seria acordar a tempo Alice, que dormia feito pedra, com a boca aberta exalando o odor do álcool. Levantou-se e quase tropeçou na garrafa de vodca vazia jogada no chão, chutando as latinhas amassadas de energético para o meio do quarto. A suíte fedia a vômito, cigarro e umidade. Ainda sonolenta, puxou a roupa em cima da cadeira, vestiu-se e sacolejou Alice. "Não vai enrolar pra se arrumar", resmungou, antes de bater a porta do quarto. Ainda sentia tudo girar e via flashes da noite anterior. A vodca no balde de gelo, a barata, o spray, a piada de mau gosto.

Acendeu um cigarro enquanto tentava sintonizar o cérebro no dia que acabara de nascer. O odor ocre, intenso e azedo do quarto parecia ter impregnado seu olfato de vez. Agora, começava a se sentir culpada pela bebedeira da madrugada o álcool logo se transformaria em gordura nas partes mais injustas do corpo do corpo, um culote aqui, uma gordurinha axilar que tornava enervante movimentar os braços. Se ao menos tivesse vomitado mais, mas nem nisso tinha sorte. Era forte, resistente, o corpo dado ao vício, capaz de comer irracionalmente, cega como um piolho, sugando até a última gota da seiva, antes de explodir.

Ela nunca tinha conseguido aprender a primeira e mais importante lição das garotas que queriam ser magras: ter a mente de uma pessoa magra, seguir aqueles mandamentos que, volta e meia, ficavam martelando na sua cabeça na forma de pensamentos intrusivos. Recusar comida fora de casa, beber água antes das refeições, comer devagar, mastigar bem, não comer após as sete horas da noite, aprender a esperar, aprender a recusar comida...

O refeitório estava cheio de turistas de toda parte, e um cheiro envolvente de café se infiltrava nas suas narinas limpando o odor nauseabundo do cigarro com vômito.

Pegou um prato e passeou pela mesa, privilegiando as frutas e pães integrais, seria mais comedida dali em diante. Serviu-se com uma xícara de café, uma tigela de frutas e se sentou numa mesa no canto do salão, mas logo se deu conta de que havia esquecido de pegar os talheres.

Tentou fazer contato visual com algum garçom, mas todos estavam preocupados em começar a recolher a comida da mesa, sinalizando o fim da refeição. A funcionária encostada na parede contígua à mesa do buffet fitava um horizonte imaginário com a cara amarrada. Devia estar aborrecida por ter gente chegando perto da hora do café acabar, pensou Bárbara. Olhou para os lados em busca de um olhar solidário, mas todos pareciam satisfeitos em seus mundinhos, comendo em silêncio ou fazendo barulho sem se importar com isso.

Pegou um pedaço de fruta com a mão, rápido, como quem comete um crime sem testemunhas. Quando mordeu, viu que o garoto das sobrancelhas grossas a observava, da mesma mesa da noite anterior.

Uma onda de vergonha subiu. Por sorte, Alice apareceu — sonolenta, desgrenhada, providencial.

— Não comeu ainda? — perguntou, soltando um bocejo vigoroso.

— Se tivesse como — Bárbara falou. — Acho que estão confundindo os hóspedes com os bichos que andam por aqui — disse, ranzinza.

Alice piscou lentamente, tentando ajustar a sintonia.

— Tô meio mal. Acho que exagerei ontem.

Arriscou acenar para a funcionária, que a ignorou com a mesma eficiência.

— Por que você desligou o ar? Tô toda melada — reclamou Bárbara, suando pela testa.

— Não fui eu. Ele desliga sozinho, de três em três horas. São aparelhos sustentáveis.

— Que coisa mais estúpida, hein. — Bárbara revirou os olhos.

— Mas vejam só, alguém vem vindo com o garfo — disse Alice, sem disfarçar o riso.

O rapaz se aproximou e espetou um pedaço da fruta do prato de Bárbara, que virou o rosto devagar, sorrindo.

— Hanz — ele se apresentou, estendendo a mão.

Sentou-se sem ser convidado, como se o lugar já fosse dele. Tinha um sotaque difícil de localizar, e as sobrancelhas grossas davam ao rosto uma expressão permanentemente intrigada. Disse que era austríaco, que morava em Hong Kong, mas passava tanto tempo viajando que já não sabia mais dizer onde vivia.

Bárbara não ouviu tudo. Ficou presa na ideia de viver sem endereço. Pensou em Viena, nos carros silenciosos deslizando em avenidas largas, motoristas ouvindo Mozart e o GPS acoplado num painel luminoso.

— E você trabalha com o quê? — perguntou.

Alice, do outro lado da mesa, não gostou. Achava que aquilo parecia interrogatório de RH. E que reduzir alguém ao trabalho que desempenhava era quase uma violência. Uma forma de dizer que ele só importava à medida em que é útil ao sistema. Elas já tinham tido esse tipo de discussão em outras ocasiões. De qualquer maneira, Hanz não pareceu se importar. Pelo contrário.

— Eu coloco pessoas onde elas têm que estar — disse, as palavras estalando com gosto na boca. — Tiro de um lugar onde ela não esteja no seu máximo potencial e coloco onde ela vá fazer a diferença.

Alice fez uma careta.

— Como assim? Tipo um headhunter?

— Pode-se dizer que sim. Você definiu muito bem — disse, mostrando todos os dentes. Depois acenou para a funcionária, que na mesma hora foi até ele e lhe serviu uma xícara de café.

Bárbara gostou de não entender. Gostava de homens cujos trabalhos ela não conseguia compreender exatamente o que eram.

— Há quanto tempo você está aqui? — perguntou Alice.

— Aqui? Umas semanas. Mas venho sempre. É como uma terceira casa no mundo — respondeu, antes que o celular vibrasse. — Um minuto, eu já volto. — Ele se levantou.

Alice o observou de longe. Não era o tipo de pessoa com quem gostaria de iniciar uma amizade. As mãos pequenas, o olhar confiante demais, o vocabulário excessivamente limpo e impessoal. Lembrava alguém, mas não sabia dizer quem.

— Ele parece uma mistura de corretor de imóveis com pastor evangélico — murmurou.

— Pois eu achei ele bem fofo — disse Bárbara.

— Um cliente, me desculpem — ele disse, se sentando novamente.

Bárbara sorriu. Achava charmoso ele se levantar para atender clientes. Alguém do outro lado do mundo, em Viena, em Hong Kong, talvez em Nova Iorque, confiava naquele homem para indicar alguém para trabalhar na sua empresa, para investir seu dinheiro, e isso era no mínimo excitante.

— Escuta — disse Bárbara —, é verdade que não podem vender bebida alcóolica aqui?

Hanz deu uma risada, tamborilando os dedos na mesa.

— Tudo pode ser vendido se existe alguém interessado em comprar. É uma lei universal — concluiu antes de dar o último gole no café.

— É que tentamos pedir um drink ontem — insistiu Bárbara —, mas o garçom disse que os donos do hotel não permitem o consumo de álcool aqui. São muçulmanos.

— É tudo uma questão de pedir para a pessoa certa — disse Hanz calmamente. — Mas vocês estão comigo agora — sentenciou. — A propósito, conseguiram aproveitar a noite ontem apesar do imprevisto? — aproximou o corpo e sorriu.

As duas se entreolharam, curiosas.

— A bebida — Hanz fez um gesto com o polegar em direção à boca. — Gostaram?

As fichas de Alice e Bárbara custaram a cair. Até que Bárbara soltou uma risada indecisa.

— Então foi você que...

— Eu sei. Esses energéticos são um horror. Mas acreditem em mim. Ainda é o que tem de melhor por aqui.

A mulher de cara amarrada foi até a mesa e renovou o café de Hanz sem ele ter pedido nada.

— Vamos à praia? — Hanz perguntou, levando a xícara à boca e olhando na direção do mar. — É bom aproveitar o dia antes das chuvas — explicou.

A mulher mal-humorada começou a recolher a louça.

Em outa ocasião, Bárbara teria dito algo. Mas agora sorriu e olhou para Alice.

— Então, vamos?

4.

Hanz ia à frente, conduzindo Alice e Bárbara pela trilha estreita. Não era fácil dizer se ele era bonito ou apenas achava que era — mas a convicção com que se movia fazia o olhar dos outros pender para o sim. Falava com a serenidade de um rei ao dar uma ordem, os gestos sempre firmes.

— Vocês precisam vir nesse lugar — disse, apontando para uma casa de massagens. Na fachada, o rosto sereno de uma jovem asiática sorria sob letras coloridas que anunciavam os serviços. Mesmo do outro lado do mundo, o corpo feminino seguia prestando seus velhos serviços de recepção. — Essas mulheres colocam sua coluna no lugar por dez dólares. É impressionante.

A trilha era, de fato, linda. De um lado, as ondas de Phra Nang quebravam nas pedras. Do outro, a zona hoteleira: resorts cercados pela mata e turistas bronzeados tomando drinques nas sacadas.

Bárbara havia se esforçado para ficar em sua melhor forma. Na parada no quarto depois do café, caprichou na base, homogeneizando o tom da pele, esfregando forte os lábios com uma escova de dente para deixar a boca levemente inchada e com um vermelho natural antes de passar o batom nude. O cabelo, amarrou num penteado deliberadamente displicente. No fundo, a elegância era aquilo. A capacidade de parecer natural mesmo após um grande empenho.

Alice ia distraída, a beleza sem esforço deixa as pessoas assim, com um ar blasé, o olhar perdido. É certo que a viagem ao Camboja não havia transcorrido como esperado, mas era justamente naquela sucessão de acasos que estava sua força, pensava. O mundo não se resumia à previsibilidade burguesa dos seus dias no Rio de Janeiro, a vida sempre à sua espera, o carro na garagem, o almoço e o jantar na hora marcada, as aulas na faculdade que lhe ensinavam não só as diferenças entre um plano americano e close-up, mas sobretudo sobre o compromisso ético de representar a realidade a partir do seu ponto de vista, com os intervalos para relaxar fumando um baseado e discutir os rumos do país com as amigas. Se pensasse bem, aquela viagem era um presente, uma oportunidade de se ver de fora. Estava tendo esses pensamentos inspirados quando tropeçou e foi amparada por Hanz.

— Temos uma distraída aqui? — disse, segurando a mão de Alice.

Bárbara, que ia contabilizando as calorias perdidas na caminhada, sentiu uma fisgada de ciúmes.

— Como é viver no Oriente? — tentou chamar atenção.

— Hong Kong não é bem Oriente. É mais ocidental do que você imagina. — Hanz mexeu nos cabelos, sedutor. — Vocês sabem que esses caras são gênios, né? — disse chutando uma latinha de Red Bull no meio do caminho. — No começo dos anos 90, eles precisavam popularizar a marca, mas sem gastar milhões em marketing... Sabe o que eles fizeram? Escolheram pontos movimentados em Londres, bares, casas noturnas, restaurantes... e encheram as lixeiras de lata vazia de Red Bull, pra mostrar que a bebida era popular. No ano seguinte, o faturamento da marca cresceu em vinte e três por cento.

Os olhos de Bárbara brilharam, que história interessante, e ele contava com tanta naturalidade, como se fosse o diretor de marketing que havia idealizado aquela campanha, ou como se ele próprio tivesse uma empresa conhecida de energéticos. Devia-se escolher um homem pelas histórias que ele conta, pensou, era um bom critério.

Hanz acenou para um grupo de jovens reunidos em torno de um chef de cozinha, na varanda de um hotel.

— Estão aprendendo a fazer pad thai — explicou. — Tem aula de culinária tailandesa todos os dias, nesse lugar. Vocês deviam experimentar.

— O que mais tem de bom para fazermos aqui, Hanz? — Bárbara perguntou.

— Tudo é bom aqui. Tudo... — fez uma pausa — com exceção dos muçulmanos. Os muçulmanos são o maior problema da Tailândia.

Alice olhou para o chão. Havia algo na naturalidade com que ele dizia aquilo que lhe embrulhava o estômago.

— Os chineses são a esperança da Tailândia — disse Hanz.

— Como assim? — perguntou Alice, sinceramente interessada.

— Eles dão trabalhos para os tailandeses. E como vocês certamente sabem, na pobreza, o trabalho é tudo. — Parecia dizer isso sugerindo que elas sabiam melhor do que ninguém o que é ser pobre. Será que ser brasileiro para o restante do mundo era isso, a intimidade com a pobreza?, pensou Bárbara, se sentindo envergonhada.

— Há cada vez mais chineses aqui, no Laos, no Camboja, Myanmar, em todo o Sudeste Asiático. Os chineses vão acabar com os muçulmanos assim — estalou os dedos. — Não porque queiram impor nada a eles, mas simplesmente porque vão destruí-los... vão destruí-los com a força dos números.

— Hummm — refletia Alice. — Há alguma espécie de conflito armado por aqui? — perguntou.

Hanz deu outra risada.

— Só civilizações ultrapassadas continuam destruindo as outras com armas. Grandes nações produzem as armas, mas não puxam o gatilho. A revolução digital em breve vai transformar o mundo físico num grande deserto. As brigas por territórios já não fazem sentido há décadas, é só uma questão de tempo até sociedades mais atrasadas perceberem isso.

— Mas e as praias? — perguntou Alice.

— Railay é realmente linda, vocês vão ver. Em Koh Phi Phi, já fui a todas, tudo muito lindo também, mas Koh Phi Phi Don está suja demais.

— O ser humano não consegue passar por lugar nenhum sem deixar sua imundície — comentou Alice, enquanto se livrava de um cipó.

— E Koh Phi Phi é isso tudo mesmo? — perguntou Bárbara.

— Vocês vão descobrir hoje à noite — sorriu Hanz, abrindo os braços e circundando as duas jovens, uma de cada lado.

— Hã? — disse Alice.

— Vamos a uma festa. Hoje. Descobrir se Koh Phi Phi é isso tudo.

A trilha estava terminando e os três já podiam ver um corredor de bares, restaurantes e tendas de turismo com jovens tailandesas vestindo camisetas de estampas floridas nas fachadas. Por toda a enseada também chamavam atenção oferendas com a foto do rei da Tailândia e velas acesas em barquinhos de papel. Um velho senhor de óculos com ares de filantropo missionário.

— O rei acabou de morrer — explicou Hanz.

— Não sabia disso — disse Alice surpresa.

Tinha lido algumas reportagens sobre o regime político local, sabia que o país tinha um rei, já tinha visto aquele semblante antes. Mas não havia lido nenhuma menção à sua morte.

— Sim, morreu ontem, depois de setenta anos de reinado.

Bem quando ela decide conhecer a Tailândia, um reinado de setenta anos chega ao fim? Acontecimentos importantes pareciam lhe perseguir, e sentiu seu espírito de documentarista lhe soprar algo ao ouvido. Parecia um sinal de que algo grandioso estava à sua espera.

A paisagem era de deixar qualquer um de boca aberta, com grandes rochas se erguendo sobre o mar azul-turquesa enquanto um sol intenso refletia nas águas. Olhando com atenção, era possível ver, a partir do contorno das pedras, o rosto de uma mulher. Na verdade, cada um enxergou o que quis, aquilo que estava mais ao alcance de si mesmo. Bárbara viu apenas as pedras, a paisagem de um lugar finalmente ao alcance da vista. Alice viu o perfil de uma deusa hindu, o semblante sereno banhado pelas águas do Pacífico.

— Vocês querem beber alguma coisa? — Hanz perguntou, os cabelos voando como se anunciassem uma tragédia.

— Será que justo hoje chega um tsunami? — elas riram. Ele não entendeu nada, mas riu também.

Já haviam bebido demais no dia anterior. Alice ainda sentia o estômago queimar, sentia que dentro dela cozinhava uma carne em fogo brando. Bárbara não tinha conseguido colocar para fora todo o álcool que circulava no sangue, talvez voltasse a ser a garota que colocava a mão inteira dentro da garganta para vomitar. Mas a vontade de esquecer tudo aquilo, de apagar qualquer vestígio do que haviam sido até ali, era maior.

— Uma cerveja — pediu Alice.

— Também — disse Bárbara.

E Hanz virou as costas.

Alice foi meditar. Uniu as pontas dos dedos e repousou os braços sobre as coxas, fechando os olhos. Procurou concentrar-se na respiração, contando quatro segundos para inspirar, mais quatro mantendo o ar nos pulmões e, por fim, quatro para expirar. À medida que ia contando, seu raciocínio ia ganhando um ritmo compassado, e os pensamentos desconexos iam sendo substituídos pela imagem de três círculos azuis se movendo lentamente contra um fundo negro.

Que coisa linda o momento, pensou, focando a atenção no barulho das ondas que iam e viam. Quando a mente ameaçava se dispersar, colocava novamente o foco da sua energia na respiração, recuperando a serenidade. O retrato de Buda lhe apareceu no fundo dos pensamentos, um senhor gordinho sentado de pernas cruzadas e manto sobre os ombros. A primeira vez que viu aquela imagem foi na casa da avó, que, embora católica, comprara a miniatura em madeira numa feira de antiguidades sob a promessa de que ela ajudaria a atrair riqueza. O altar improvisado ficava sobre a TV de tubo, ao lado de dois pires. Num deles, o Buda barrigudo repousava com sua expressão satisfeita; no outro, uma maçã murcha, cercada por moedinhas de um e cinco centavos.

Pensar nas moedas da avó lhe tirou a concentração. Logo se lembrou de Soraia, de Carlos, da vida no Rio de Janeiro, com seus enganos e fugas. Mas não podia desistir. O importante era estar comprometida com a sua busca. "O ego é ilusão, tudo é ilusão", mentalizou. "Esqueça o eu, transcenda o eu." A chave do processo estava na persistência. Repetir as palavras até que elas reivindicassem sua dimensão real.

Quando Alice saiu do transe, Bárbara olhava na direção de um grupo de turistas aglomerados em torno de uma pedra enorme. Sobre ela, um homem bronzeado e de cabelos brancos acabava de completar uma pirueta. Um rastafári surgiu ao lado das duas, sem convite, e começou a narrar como quem repete uma história que já contou cem vezes: o acrobata era uma figura conhecida na região. Tinha vindo da Suécia, ou da Noruega, ou de algum outro país gelado onde as pessoas nascem com a cabeça branca de tão loiras. Um dia desembarcou na Tailândia e decidiu nunca mais sair. Agora passava os dias escalando pedras como um lagarto e depois saltava de uma para outra com a certeza de um acrobata de circo, que conhece a rede que o espera se falhar.

Hanz voltou com as bebidas, distribuiu as cervejas, pegou a mochila com naturalidade e disse:

— Venham. Preciso levar vocês a um lugar mágico.

Chegaram a uma caverna onde deram de cara com um enorme pênis vermelho esculpido em madeira. Em volta deste, dezenas de falos, de diferentes cores e tamanhos, dispunha-se em torno de um altar de velas, incenso e deidades orientais. Alice e Bárbara reconheceram imediatamente. Tinham lido uma porção de histórias de turistas que voltavam grávidas depois de orar para alguma deusa da qual nunca tinham ouvido falar, viajantes em poses pornográficas para fazer piada e matérias engraçadinhas de blogueiros mochileiros.

Alice achou divertido que aquele fosse o lugar mágico mencionado por Hanz. Ao menos ele não era o tipo que precisava provar sua masculinidade a todo custo. No mínimo, não se importava com deduções esdrúxulas como as que Bárbara muito provavelmente estaria fazendo naquele momento. Não, ele não era gay só porque tinha considerado aquela caverna um *lugar mágico*. E, mesmo se fosse, qual o problema, ela não tinha ido até lá para caçar homem. Aliás, aquela era uma característica da personalidade de Bárbara que a irritava com frequência. O interesse pelos lugares era sempre proporcional à probabilidade de encontrar neles homens que atendessem às suas exigências. Quando a chamava para uma exposição ou mostra de filmes, dizia: "Impossível encontrar um homem de verdade num lugar desses". Quando os veteranos da faculdade avisaram do

Encontro Nacional dos Estudantes de Cinema, falou: "Nem morta compartilho um banheiro com outras duzentas mulheres. Além disso, não estou procurando um namorado comunista. Estou farta de gente que acha bonito ser pobre".

Hanz abriu uma toalha no chão, tirou da mochila uma garrafa de vodca e meia dúzia de latinhas de energético. Por último, abriu uma pequena bolsa de couro onde havia um cigarro de maconha. Acendeu o baseado e ofereceu para Bárbara, que sentiu uma cutucada da vaidade por ter sido a primeira a ser escolhida.

— Essa é a melhor erva que vocês vão fumar na vida de vocês. Feita por quem realmente entende de relaxamento. — Hanz deu uma gargalhada.

Alice não entendeu a piada de imediato, mas Hanz ajudou, afinal, um bom piadista sabe ajudar a audiência sem ela precisar saber que foi ajudada.

— Por que vocês acham que esses monges são tão tranquilos?

Bárbara já tinha percorrido o Angkor Wat inteiro na imaginação, os monges de laranja meditando no meio daquela fumaça idílica, quando finalmente a risada de Alice veio, aos poucos, como o motor de um carro velho pegando no tranco.

A última experiência fumando maconha não tinha sido a melhor possível, mas agora o contexto era outro. Deu um trago na erva, mandando às favas a prudência.

— E você conhece muita gente aqui? — perguntou Bárbara, com o riso ainda nos lábios.

— Muita. Gente de todo lugar. Já vi de tudo por aqui — respondeu ele, abrindo mais duas latinhas de cerveja.

— De tudo tipo o quê? — insistiu Alice.

Hanz sorriu com os olhos semicerrados.

— Uma vez conheci um grupo de suecas. Quatro meninas, todas com aquelas mochilas gigantes, vinham do Laos, acho.

Ou do Vietnã, não lembro bem. Acabamos ficando amigos, passeamos juntos por uns três dias.

Ele fez uma pausa longa, que pareceu se estender um pouco além do necessário.

— E depois? — Bárbara quis saber.

— Depois elas sumiram. Disseram que iam pegar um barco pra Phi Phi, mas ninguém mais viu. Podem ter ido embora. Ou não. Vai saber. Aqui todo mundo tá sempre indo ou voltando de algum lugar — deu um gole na vodca direto da garrafa. — E às vezes nem sabe pra onde tá indo.

As duas ficaram em silêncio por um momento. O som das ondas ficou mais presente.

— Meu Deus — gritou Bárbara. — Precisamos ir embora — disse apontando para uma placa azul cravada no alto da caverna, que alertava para o risco de tsunamis.

Alice e Hanz gargalharam.

— A placa já está aí há muito tempo, sua louca. Não quer dizer que vai vir um tsunami *agora* — disse Alice.

Uma chuva forte começou a cair, trazendo um vento úmido.

— A maré vai subir, precisamos ir — disse Hanz. — Uma vez fiquei preso aqui por mais de dez horas.

Os três se apressaram, Bárbara correndo do tsunami imaginário, Hanz dando risada atrás. Alice gostou do senso de urgência que a chuva trouxe, como se de repente o filme da sua vida ganhasse alguma emoção, algum barulho. Como se pela primeira vez dependesse dela chegar a algum lugar, salvar o mundo.

— Hanz, o que tem nessa maconha? — ela riu. — Nunca vi essa garota assim.

— Tem gente que não pode misturar álcool com outras coisas, eu não tenho como adivinhar. É bom cada um cuidar de si — ele respondeu, parecia não ter entendido que era uma brincadeira. — Me desculpe, não quis ser rude.

Mas Alice não achou rude. Ao contrário, ele estava certo, elas não precisavam de homem nenhum tutelando-as. Aliás, o propósito daquela viagem era justamente esse, aprender a se virar sozinha, sair da redoma de proteção em que havia sido enclausurada. A maré começou a subir, e os dejetos deixados pelos turistas grudavam nas pernas dela: papéis, garrafas pet, um saco plástico, como no dia em que perdeu a virgindade, Thiago dentro dela, o ruído do plástico debaixo da bunda para não sujar a cama, a sacola limpa depois, o futuro namorado olhando como quem diz, você não precisava mentir, e ela pensando que só podia ser coisa da cabeça dela, ele não era o tipo de homem que se importaria com algo assim, ou talvez no fundo fosse, mas num fundo tão fundo que nem ele conseguia perceber.

Foi expulsa desses pensamentos com o suspiro de alívio de Bárbara, que parecia começar a voltar à realidade.

— Ufa, chegamos. — A entrada do hotel de Phra Nang Beach era ainda mais bonita à noite, com suas luzes amarelas iluminando o caminho até os bangalôs.

— São seis horas agora. Descansem um pouco e façam uma bolsa com algumas roupas. Vamos sair daqui às oito — disse Hanz.

— As balsas só saem até as seis, vamos ter que ir pela via terrestre — lembrou Bárbara.

— Não se preocupem, eu cuido disso, estejam no cais próximo da recepção no horário. — Ele sorriu e virou as costas.

5.

Bárbara se jogou na cama, a brisa do baseado a abandonando aos poucos, enquanto passava no celular as fotos que havia tirado na praia e respondia as mensagens de WhatsApp. A prima que havia aniversariado dias antes da viagem para a Tailândia queria uma frase escrita em tailandês para tatuar no braço de um cliente que, segundo ela, tinha uma pegada meio esotérica e gostava de tatuagens que só ele sabia o que de fato estava escrito.

isso é truque pra pegar mulher. conheço bem esse tipo.

também acho. mas não to ali pra opinar. preciso pagar minhas contas.

ta certa. depois te mando umas frases. o alfabeto aqui parece um monte de desenho animado. vai ficar legal. vo lá agora, preciso dormir um pouco antes de ir pra festa, minha cara tá péssima.

vai, saudades! bjs

Alice lia o romance que havia trazido. A história de uma adolescente russa, órfã de pai e abandonada pela mãe alcoólatra, que conhecia um europeu sedutor de cabeleira loira e olhar profundo. Ele a chamava para morar com ela na Tailândia, onde trabalhava com comércio exterior e poderia lhe oferecer uma vida de qualidade. Tudo prometia uma jornada de superação pelo amor, embalada pela paisagem exuberante das praias tailandesas. Mas a história tomava um rumo inesperado. No primeiro dia na nova casa, depois de uma noite de promessas idílicas, a jovem acordava sozinha na cama, procurava o companheiro e comia uma maçã enquanto se perguntava intrigada onde ele havia ido. Ia até a porta e percebia que ela estava trancada. Até que um homem a encarava do batente... E então o livro escorregou das mãos dela.

Acabou adormecendo com ele aberto no peito.

Bárbara já estava de banho tomado. Filou um cigarro, guardou no bolso o maço jogado na mesinha e saiu para dar uma volta pelo hotel. Descendo a ladeira dos bangalôs, seu olhar foi atraído por uma família de miquinhos que brincava, atirando pedrinhas uns nos outros. Um deles se divertia com uma garrafa pet, provavelmente largada por algum hóspede sem modos, enquanto outros dois se aproximavam numa cópula. Achou graça e tirou uma foto, o pôr do sol atrás.

Um casal que tinham visto no restaurante na noite anterior passou por ela. Elas até tentaram puxar assunto no dia, mas o rapaz rapidamente as despachou, justificando que precisavam descansar — a mulher estava grávida.

Agora se perguntava, como podia, aquela mulher, magra daquele jeito, estar grávida? Como alguém que fabricava dois braços, duas pernas, um coração pronto para bombear o sangue que inunda a vida, podia deslizar tão levemente por entre as coisas? Vai ver inventaram um filho para se livrarem logo delas, duas desconhecidas com cara de quem vem de algum lugar que ninguém sabe apontar no mapa; tinha certeza que era isso que europeus e norte-americanos pensavam, por trás daqueles discursos bonitos sobre diversidade cultural.

Sentou-se na varanda do deck e abriu o TikTok.

Um deslize e o algoritmo já reabrira feridas antigas. Vídeos de garotas esquálidas voltaram a inundar sua tela, propondo dietas extremas. Dieta da sopa. Do limão. Das quatrocentas calorias. Às vezes tinha a sensação de que dentro dela moravam duas entidades que se odiavam. A mente, que queria manter toda e qualquer comida à distância. E o corpo, que queria se empanturrar de tudo que fosse comestível até explodir.

*@fran_*

Nem que eu arranque uma costela, mas ainda fico com a cintura assim.

*@lovesmia_*

O que vcs fazem pra vomitar?

*@darkgirl_*

Alguém viu minha autoestima por aí?

Não importa que eu precise fikar 3 dias sem comer eu vou ser igual a ela

Alguém chegou por trás, envolvendo-a e tapando seus olhos com mãos grandes e quentes. Ela sabia quem era, mas aproveitou para percorrer os dedos de Hanz, depois a palma de sua mão, e por fim, os braços, fortes e másculos.

— Então é você!

— Vim saber se já estão se arrumando. Já providenciei tudo.

— Alice tá dormindo ainda. Sabe deus a hora que ela vai ressuscitar desse sono.

Ele afastou uma mecha dos cabelos presos, que teimava em cair nos olhos dela.

— E você? Tava aí falando com o namorado? — Hanz apontou para o celular e roubou o cigarro da boca dela. Deu um trago e devolveu entre os seus lábios, o dedo bobo deslizando pelo queixo.

— Isso? — Bárbara levantou o celular. — Nada, tava vendo uns vídeos idiotas. Que namorado o quê? — Abriu um sorriso.

— Não acredito que uma mulher linda assim não tem namorado. Se bem que se você fosse minha namorada não deixava você viajar assim. — Os dois escutaram o celular vibrar no bolso dele, e Hanz se levantou. — Um minuto, linda. Já volto.

Olhou para Hanz de longe. A qualquer distância ele parecia interessante. De longe, era misterioso, ocupado, sempre falando ao telefone. De perto, era atencioso, viril, cheiroso.

— E então? Vamos nos arrumar? — ele disse, guardando o celular. — Espero vocês no cais em meia hora. — E deu um beijo na bochecha dela.

Bárbara voltou para o quarto, batendo a porta atrás de si. E ouviu Alice se espreguiçar na cama, dando sinal de vida.

— Nossa, acho que fui parar lá na Fossa das Marianas — disse, abrindo um bocejo ruidoso.

— Quê?

— Tava lá no fundo do oceano, que maconha dos infernos esse austríaco foi arrumar, hein.

— E então, vamos começar a cantar pra subir? A balsa sai às oito — disse Bárbara testando combinações em frente ao espelho. — Qual você gosta mais?

— Não sei, Barbs, não fui muito com os cornos desse cara. Tava pensando da gente ficar por aqui. Descer pra tomar uns drinks e curtir a noite em Railay mesmo.

— Você não pode tá falando sério, né. A gente tá sonhando com uma festa desde que você começou a falar nessa viagem. Tô louca pra pirar um pouco.

— A vermelha, você fica linda com ela — disse Alice olhando para o teto. — Não sei, Bárbara. Essa energia narcisista dele é meio repulsiva.

— Sem esoterismos agora, Alice. A energia dele é ótima. Ele salvou o nosso dia se é que você não lembra. Já estamos há quatro dias do outro lado do mundo, e não fizemos nada de divertido ainda. Essa é a nossa chance.

Alice continuou contemplando o teto, e Bárbara sentiu que era hora de usar suas armas.

— Por favorzinho — suplicou fazendo cara de cachorro pidão. — Vamos, vamos. Pela sua amiga que foi até aquele fim de mundo com você pra ver monge.

— Tá. — Alice fez um bico e deu uma risada. — Se der tudo errado, a gente acelera o carro e segue em frente.

Bárbara riu, reconhecendo a citação.

— E voa, amiga. Sem olhar pra trás.

6.

Desembarcaram na ilha depois de pouco mais de uma hora de solavancos numa balsa negociada por Hanz. Bárbara teria colocado as últimas refeições para fora se não estivesse valentemente cumprindo a promessa de não comer nada durante um período de doze horas, seguindo as instruções do jejum intermitente. O álcool era uma exceção sobre a qual não queria pensar a respeito por enquanto.

Alice foi vestida com uma saída de praia estilo camisão com mangas longas e botões nos punhos em tecido Shantung. No fundo, ser bem-nascido era isso. Ter ao seu dispor um tecido chinês milenar, feito de fios de seda, colocado estrategicamente numa peça simplória para dar a impressão de que quem a veste é naturalmente mais bonito e mais elegante do que quem não o faz. De qualquer maneira, nenhuma das duas ficaria vestida por muito tempo, porque a regra ali era se livrar das suas roupas assim que chegasse, ficando apenas de biquíni ou sunga, o corpo pronto para um mergulho no mar e para o abraço enluarando da noite. Se havia uma magia naquele lugar era essa: não importava de onde você vinha, que roupas vestia, que neuroses trazia: chegando lá, você era como qualquer outro. Um ser desesperado por diversão, abraços coletivos, pronto para encontrar sua essência e o sentido da vida em cartas de tarô tiradas por velhas senhoras de olhos puxados, no contato com a natureza e em psicotrópicos inflacionados pela proibição do governo tailandês.

— Vamos pegar nossos buckets — disse Hanz, fazendo Alice e Bárbara seguirem-no até uma tenda onde baldinhos coloridos com gelo e garrafinhas de bebida eram vendidos por dez dólares cada um, nas opções uísque mais energético, vodca mais energético ou vodca mais Coca-Cola. Alice e Bárbara foram de vodca com energético, tomando um longo gole de cada um e misturando na boca como quem faz um bochecho, na esperança de que o álcool lhes desse o caminho a seguir antes do momento em que esse tipo de preocupação já não importa mais.

Hanz pediu umas cinco águas para o atendente, um tailandês com os cabelos pintados de fogo e máscara de Coringa, e guardou as garrafinhas de plástico na mochila.

— O que é que não tem nessa mochila, né, Hanz? — disse Bárbara, faceira.

E Hanz repetiu:

— O que é que não tem nessa mochila. — Fez um olhar e uma entonação que não dava para dizer se era de cumplicidade ou deboche.

Mas os três caíram na risada, elas já embriagadas pela vodca e pela falta de comida no estômago. Passaram por uma roda de hippies que tocavam violão como se fosse possível ouvir algo além da batida da música eletrônica que saía de uma imensa caixa ao lado, e um jovem magro e de cabelos compridos amarrados num coque foi falar com Hanz. Por trás da vermelhidão era possível ver uns olhos verdes e meio psicopatas, que radiografaram as viajantes antes de lhes abrir um sorriso desses que se faz quando um desconhecido vai bater uma foto nossa.

— Esse cara é um gênio. — Foi assim que Hanz apresentou o sujeito.

Um gênio que atendia pelo nome de Hoff e que recentemente havia aberto uma empresa de liderança e alta performance em Xangai. Alice se perguntou como alguém que abre uma empresa de alta performance poderia estar num lugar como aquele, que, para dizer o mínimo, fazia uma apologia retumbante à inutilidade. Não dava para dizer que ninguém ali estava preocupado em bater metas ou em trabalhar doze horas por dia, seis dias na semana, com a lealdade e o afinco de um chinês. Era esse, inclusive, o motivo que a fazia gostar de estar ali.

— Sabe por que eu amo esse lugar? Sabe por que eu paro tudo que estou fazendo para vir pra cá pelo menos duas vezes por ano? — disse Hoff, como que adivinhando os pensamentos de Alice. — Porque para você ser capaz de atingir sua melhor performance você precisa estar em paz aqui, ó. — E apontou para a própria cabeça.

Uma loira com uma faixa na cabeça estilo anos sessenta e ares felinos abraçou o Hoff por trás e lambeu seu pescoço.

— Meninas, essa é a Sharon — ele disse, cheirando o pó que a garota trazia no dorso da mão, antes de lamber o restante do seu braço. — Sharon, essas são... — ele finalmente se deu conta de que as duas não haviam se apresentado.

— Sharon, essas são Alice e Bárbara, amigas do Hanz, o Grande.

— Essa música... — disse Sharon — essa música é muito colorida. Eu adoro... eu adoro a textura dessa música. — E começou a se esfregar em Hoff como um caramujo se preparando para o acasalamento.

— Você sabe — disse Hoff voltando ao assunto anterior —, antes de abrir a High Speed, eu era campeão mundial de pôquer. Eu fui um dos maiores jogadores de pôquer do mundo, e eu posso te dizer — fez uma pausa como se estivesse tendo um insight, os olhos vidrados e o dedo em riste — que é tudo uma questão de controlar isso aqui — novamente ele apontou na direção da própria têmpora. — As pessoas acham que é um jogo de sorte, mas a sorte é apenas vinte por cento do pôquer. O restante é autocontrole. — E fechou os olhos como se estivesse meditando.

A loira continuava a se esfregar nele com insistência.

— Vamos parar com isso agora, depois o Hoff cuida de você — disse com uma batidinha no traseiro da Sharon.

— Que cara nojento — Alice sussurrou para Bárbara.

Quando a garota se afastou, Hoff contou que fazia três anos que ela tinha começado a achar que era a Sharon Tate depois de uma viagem de ácido.

— Que merda — disse Hanz.

— Essa não é aquela... — disse Alice, tímida —... do caso Manson?

— Oh, yeah, baby — respondeu Hoff, levantando levemente as sobrancelhas e fazendo um trejeito com os ombros como se fosse o próprio Charles Manson.

— Coitada — disse Bárbara sinceramente comovida.

— Quanto tempo, cara, assim você me deixa com saudades de você. — Hoff deu uma risada, agarrando Hanz.

— Sai fora, seu viado. — Hanz se esquivou, achando graça.

Bárbara observava os dois. Algo naquela adoração mútua a deixava excitada. Um jogo de espelhos entre corpos que sabiam o que queriam. Talvez fosse isso que Hanz tanto gostava de exibir: o próprio reflexo.

— Venham cá, vamos marcar esse momento como ele merece — disse Hoff.

Alice, Bárbara e Hanz o seguiram até uma tenda onde uma tailandesa pintava turistas com tinta fluorescente. Uma fila de mulheres loiras, lindas e de olhar trágico aguardava para ter uma palavra rabiscada no corpo e depois sair dançando como se fosse um letreiro em neon ambulante. As palavras eram escritas em tailandês, e Bárbara sacou o celular para fotografar ideias para a prima tatuadora. Um dos ideogramas parecia uma galinha. Outro parecia uma galinha chocando um ovo. Um terceiro lembrava uma cobra se preparando para dar o bote.

— O alfabeto deles reflete o contato do povo com a terra — Hanz explicou.

— Lindo demais isso. O que elas estão escrevendo? Você sabe? — disse Alice, os olhos já flutuando na brisa do álcool.

— Próximo — gritou a moça encarregada de pintar os turistas. O trio de suecas que tinha acabado de ser pintado fazia uma sequência de selfies. A primeira tinha escrita na barriga a palavra sol, a segunda, lua, e a terceira, estrela. Ao menos foi assim que Hanz traduziu.

— Sawadi — Alice cumprimentou a jovem artista com um gesto de reverência.

— Qual palavra a moça quer? — perguntou a tailandesa.

Em frente à tenda, era possível ver duas jovens de cabelo mofado fazendo malabares com faixas de tecido, as axilas não depiladas à mostra. Bárbara checou o visor do celular. Faltava uma hora para terminar o período de jejum. Mais um pouco e poderia abrir a lata de castanhas que havia trazido na bolsa. Acendeu um cigarro e deu um longo trago, tentando absorver magicamente um pouco da paciência de que precisava para a espera. A última hora sempre passava mais devagar.

Uma dezena de mensagens de Soraia havia se acumulado na tela bloqueada, mas não estava a fim de ficar de pombo-correio no meio da festa.

Sentiu uma cutucada no ombro. Era Hoff, os olhos parecendo que boiavam num mar de sangue de tão vermelhos.

— Posso te pedir um cigarro? — ele perguntou.

— Claro — disse Bárbara. — Você viu o Hanz? Não vi mais ele. — Esticou o pescoço como um lêmure.

Hoff riu.

— Ele sempre volta, fica tranquila — disse. — Vai lá. É a sua vez.

Alice chegou sorridente com uma galinha, um jota invertido, uma colcheia com um rabinho e duas semínimas invertidas desenhadas no colo. Aquele alfabeto era mesmo uma obra de arte. Uma mistura de desenho animado e partituras musicais.

— E então, o que você escreveu aí? — perguntou Hoff, que foi ignorado.

Hanz voltou trazendo três novos buckets de energético com vodca e distribuiu entre Alice e Bárbara.

— Vamos tirar uma foto nossa — Bárbara pediu, segurando a amiga pela cintura, assim que voltou com a palavra "persistência" escrita em neon azul.

Quando terminaram, Hoff se atracava com Lua. Ou Estrela. As línguas se entrelaçando como duas lesmas, a tinta neon fazendo-os brilhar como caravelas no mar.

— Vamos dançar. — Hanz puxou as viajantes deixando Hoff e as suecas para trás.

O trio passou por um grupo que brincava de pular um cabo pegando fogo. Dois mascarados seguravam a corda, cada um em uma ponta, enquanto uma fila se formava para saltitá-la no ritmo da batida eletrônica. Quando alguém pulava, o restante aplaudia e uivava como lobos conversando com a noite. Até que chegaram próximos a uma das tantas tendas que se espalhavam pela areia, onde uma multidão pulava, cada um no seu próprio ritmo. Um sujeito de óculos escuros dançava como se cavasse a areia sob seus pés, em pisadas frenéticas. Um planeta enlouquecido tentando girar sobre o próprio eixo.

Bárbara encheu a boca de castanhas enquanto Alice e Hanz trocavam olhares e, sentindo um gosto de ciúmes, deu um gole na vodca, quase metade da garrafinha, como que para se livrar desse incômodo que já não era nada além de um resíduo, uma marca de batom prestes a sumir do copo. Hanz pareceu adivinhar, então abriu sua mochila, sua caixa de Pandora, e retirou de lá uma caixinha de plástico transparente, parecendo uma embalagem de Tic-Tac, e entornou na mão dois comprimidos achatados, um de cada cor.

— Pílula azul ou vermelha, senhorita? — ele perguntou com um sorriso de Morpheus nos lábios. Os óculos escuros cobriam as pupilas frágeis.

Os dois riram. Até porque não havia pílula azul ou vermelha. Os comprimidos eram laranja e amarelo e tinham uma aparência de pastilha contra azia. Bárbara apontou para a amarela, com um elefante desenhado em baixo relevo, e Hanz a levou até a sua boca.

— Levanta a língua — ele ordenou.

Ela obedeceu, o olhar fixo nele.

Então, ele a beijou, enfiando a língua inteira dentro da boca dela suavemente, e depois se afastou, deixando-a em êxtase.

Com o suor, seus músculos pareciam ainda mais definidos, como se esculpidos pelo mesmo pulso que molda as correntezas e esculpe as pedras ao longo dos séculos. À medida que a batida da música ia ficando mais intensa, ele acelerava o passo, correndo sem sair do lugar numa esteira imaginária. Buscou Alice com os olhos e fez um gesto com a mão convidando-a para que fosse em sua direção. Ela obedeceu e, sem que ele precisasse pedir, abriu a boca e fechou os olhos, recebendo a pastilha como um cristão recebe uma hóstia.

Hanz sorriu, aproximando-se, e com o dedo indicador percorreu cada um dos ideogramas que faziam um arco debaixo das clavículas dela. Dançaram os três, trocando olhares, por um tempo impossível de precisar. Quando Alice e Hanz se beijaram, Bárbara se aproximou, e os três se surpreenderam com a ousadia do beijo triplo, uma língua procurando a outra como se nada mais existisse no mundo. Bárbara afundou o nariz nos cabelos claros de Alice, sentindo o cheiro do mar, o oceano inteiro ali, e fechou os olhos, projetando a própria imagem num espaço infinito. Alice passou a língua no pescoço da amiga sentindo o sal do mar e do suor.

— Vocês são lindas — sussurrou Hanz, e tirou do bolso da bermuda um pequeno papelete, que colocou debaixo da língua de Alice.

Alice sentia o coração acelerar, tum-tum, tum-tum, a cada tique-taque do relógio, a batida do peito apressava até se encontrar com a da música, o ritmo do mundo sintonizado com o seu próprio, como após um orgasmo, mas que parecia não acabar nunca. Bárbara se sentia tão saciada que não tinha vontade sequer de comer as castanhas que restavam na bolsa. Ficaram dançando até se perderem no tempo e o corpo resolver lembrar que precisavam de água. As bocas começaram a ficar secas, as palavras incapazes de brotar no solo árido.

Hanz tirou duas das garrafas que tinha comprado da mochila, e elas beberam com uma avidez que nem elas mesmas conheciam.

— Sua vez. — Bárbara entregou a garrafa para o rapaz, que recusou com um gesto.

— Eu tô bem — sorriu. — Bebam mais, vocês vão precisar.

Saciaram a sede e voltaram a procurar a língua um do outro, os suores se misturando, as batidas dos corações se alternando como uma orquestra de tambores.

— Venham — Hanz puxou as duas pelo braço formando uma corrente que tentava atravessar a multidão de corpos, com pausas para beijos cada vez mais afoitos.

Finalmente chegaram na divisa da praia com o bosque. Ainda era possível ouvir a batida eletrônica, mas agora ela se misturava com a ventania úmida das árvores e o barulho de alguém cortando a mata com uma motocicleta. Alice se recostou numa árvore e convidou Bárbara com o olhar. Com a mão chamou Hanz para se juntar. Ele obedeceu, cheirando o pescoço de Bárbara, seus cabelos, roçando o pau duro na sua bunda. Ela se virou para ele, oferecendo o sexo molhado por trás do biquíni, que ele num gesto brusco desceu até os joelhos. Seu olhar suplicava que ele a penetrasse. Ele encostava o pau duro e quente entre as pernas dela e ria, curtindo a brincadeira sádica. Finalmente ele deu o que ela queria, mas não por muito tempo. Saiu de dentro dela e procurou Alice, sussurrando umas palavras no seu ouvido. "É você que eu quero", foi o que ela pensou ter ouvido, mas poderia ser outra coisa, pois a batida da música permanecia ecoando em suas cabeças e o álcool e o ecstasy já confundiam os sentidos.

Ele entrou nela mais fundo algumas vezes. Depois, saiu e conduziu a cabeça de Bárbara, que se agachou, colocando o membro inteiro na boca.

Alice ficou sozinha recostada na árvore, vendo o pau de Hanz entrar e sair da boca da amiga, numa câmera cada vez mais lenta. Olhando para o alto, encontrou um letreiro incandescente que brilhava dizendo "Welcome to Thai", em contraste com o céu escuro. Era como se a qualquer momento o bosque, que cercava a ilha, pudesse ser incendiado, transformando tudo em cinzas. Sentiu a respiração acelerar. Ao longe, podia ver a zona de acampamento e pensou ter visto Hoff e Sharon saindo pelados de uma barraca, correndo, um homem fardado atrás, e Lua, Estrela e Sol, e Anders Breivik atirando por noventa minutos, as poças de sangue, aquelas garotas loiras de olhar trágico correndo, e Soraia dizendo "Alice, fique longe de acampamentos", enquanto alimentava Enzo, "eles são a nova tara dos terroristas", o barulho da moto cortando o bosque e se fundindo com a música e com as batidas do seu coração.

— Alice? — Hanz estalou os dedos na altura dos seus olhos, que pareciam catatônicos.

— Acho... que meu coração vai explodir — disse, a respiração ficando cada vez mais intensa.

— Calma — Bárbara pediu. E Alice teve a impressão de ver o gozo de Hanz na boca da amiga.

— Fica comigo — ela suplicou.

Hanz tirou outra garrafa de água da bolsa e molhou os pulsos e o rosto de Alice. — Bebe — ordenou. — Bebe tudo.

7.

Alice despertou sentindo a saliva dura colando na boca. A batida da música eletrônica insistia na cabeça, abafada, como se a caixa de som estivesse apenas a uma porta fechada de distância. Sentiu algum conforto ao ver Bárbara ao lado, dormindo um sono profundo, a cabeça enterrada no travesseiro e os cabelos desgrenhados melados pela maresia. O corpo pinicava, a cabeça latejava sem trégua. Arrastou-se até o frigobar atrás de uma garrafa de água, que tomou inteira, desgrudando a boca do gargalo apenas quando o último gole desceu limpando a garganta.

Cambaleou até o banheiro, o corpo pedia uma ducha com urgência inédita. Por baixo do seu blusão Shantung podia sentir os pelos pubianos roçando no formato da depilação brazilian string, que estava meio fora de moda, mas Alice gostava, e que agora lembravam que ela tinha, sim, um corpo, embora não tivesse a mais vaga ideia do que havia feito com ele nas últimas horas.

Bem, uma vaga ideia ela até tinha, lembrava-se dos solavancos da barca — que, a propósito, pareciam ter ficado gravados em alguma parte do seu cérebro, pois podia senti-los ainda —, podia lembrar-se também deles chegando na praia, ela tirando a Shantung, que embolou de qualquer jeito dentro da bolsa, e das três ou quatro vodcas que havia colocado para dentro, do tal do Hoff falando sobre capitalismo e meditação, Hanz sempre muito atencioso com elas quando não estava digitando alguma coisa no celular, a batida que ela podia escutar ainda, a hóstia com o elefantinho, e tudo depois tomando uma proporção épica, o corpo eletrizado, ela e Bárbara, Hanz e Bárbara, ela e Hanz, ele dizendo "é você que eu quero", a impressão de que a amiga talvez tivesse ouvido, e depois tudo ficando confuso, cheio de lacunas, jovens correndo nus e caindo como pássaros abatidos, as poças de sangue e a sensação de que o coração ia parar a qualquer momento.

Tirou finalmente a saída de praia, ainda úmida da maresia. Agora, os ideogramas feitos em tinta neon não eram nada além de uma massa disforme em vermelho sobre o peito.

Olhou-se no espelho, a cara estava tenebrosa. Teve medo de si própria, as olheiras fundas, os cabelos sujos e grudentos da umidade. Tirar aquele gosto amargo na boca ia exigir umas duas escovações e um bom bochecho com antisséptico bucal.

Começou pela higiene dos dentes, tentando se livrar daquele gosto de chorume, quando viu a imagem da amiga refletida no espelho.

— Preciso de um banho — disse Bárbara, ligando o chuveiro, com cara de quem não queria conversa.

Naquele momento, parecia impossível executar mais de uma tarefa ao mesmo tempo, por mais simples que fossem. Despir-se e falar, falar e despir-se — parecia um trabalho digno de deuses homéricos.

Alice massageou as têmporas, tentando com aquele gesto restaurar as memórias das últimas horas que pareciam ter desaparecido.

— Como que a gente voltou pra cá? — perguntou entrando no box atrás da amiga.

A água escorria pelo corpo de Bárbara, lavando a tinta e a areia e serpenteando pelas pernas.

A cabeça ainda apitava e Alice não teve certeza se a amiga havia escutado sua pergunta, mas teve receio de perguntar novamente.

— Que horas a gente chegou aqui? Acredita que não consigo me lembrar de nada? — insistiu.

— Sei lá, Alice. Tem umas duas horas, pode ser que um pouco mais.

As cores do céu mostravam que não faltava muito para o dia amanhecer, o relógio do quarto, que Alice conferira antes de entrar no banheiro, marcava quatro e cinquenta e um. Se estavam há duas horas ali, isso significava que chegaram à pousada por volta das três da manhã. A festa na ilha durou bem menos do que o previsto; a ideia inicial era amanhecer na praia, a pele ardendo pela manhã depois de uma noite entre malabares e pirotecnia e excessos, afinal, só se vive uma vez. A essa altura deveriam estar com Hoff e os outros amigos hippies de Hanz, aguardando o nascer do sol, talvez dando os braços uns aos outros numa roda antes de entoar algum mantra. Mas por algum motivo haviam voltado antes, e ela não tinha a mais vaga ideia de como acordara ali. Eram apenas flashes.

— Não lembro como a gente voltou pra cá... parece que uma parte do meu cérebro derreteu, fritou, sei lá... Hanz veio com a gente?

Bárbara continuava calada, de olhos fechados, deixando o xampu escorrer pelo corpo enquanto Alice a fitava, à espera de uma resposta. Então isso era viver dentro de um corpo. Ser o continente de uma sucessão de reações químicas. Os hormônios tinham ido à forra, agora restava o deserto. Sentou-se no vaso, encolhendo-se para dentro do próprio corpo, como um jabuti.

Bárbara saiu do box e se enrolou na toalha.

— Eu não lembro de ter colocado a roupa, de termos voltado pra pousada... — Alice entrou no box e ligou o chuveiro. — E não sei como fui perder a calcinha do meu biquíni. É como se tivesse tido um apagão depois disso.

— Você começou a alucinar, dizer que tava tendo um ataque terrorista no acampamento, que estavam colocando fogo na mata. Foi ficando ansiosa e achando que ia ter um troço. Hanz me pediu para ir buscar mais água pra você. Talvez — fez uma pausa enquanto desembaçava o espelho para se olhar — talvez tenha sido nesse momento que você perdeu seu biquíni.

Alice teve vontade de chorar.

— Eu não acredito que você está dizendo isso.

— Isso o quê? O que é que eu estou dizendo, Alice? — Bárbara olhava na direção do box. — Você acha o cara patético, despreza, mas não pode ver ele interessado em mim que quer pra você? — Sua voz saía embalada por um sentimento que parecia represado há muito tempo.

— Eu... só achei que estávamos nos divertindo — disse a outra, sentindo o corpo amolecer de vez.

Alice se esfregou com o sabonete usando a pouca força que lhe restava, investindo na região da tinta vermelha, mas o melhor que conseguiu foi suavizar a mancha, deixando-a com a aparência de uma aquarela pintada por uma criança de três anos. Não teve forças para continuar insistindo. Fechou a água e puxou a toalha com os braços molengos, fazendo vir junto o aro de ferro que sustentava a cortina. A estrutura de metal caiu no chão, atingindo o tornozelo de Bárbara, que escovava os dentes.

— Caralho, Alice — berrou. — Presta atenção! — Bárbara se sentou no vaso sanitário e apalpou o tornozelo para conferir o dano.

— Foi sem querer — disse sem forças. — Deixa eu ver se machucou. — E se agachou para tocar o pé da amiga, que desviou num movimento brusco.

— Não mexe, que tá doendo, porra.

— Foi sem querer — repetiu, sem alterar a expressão.

— Eu não aguento mais isso, eu não aguento mais! — Bárbara teve um faniquito, arregalou os olhos, pegou o rolo do papel higiênico e o arremessou contra o espelho.

Alice olhou espantada. Foi até o frigobar e voltou com uma garrafa de água gelada. Agachou-se, tentando fazer uma compressa no tornozelo da amiga.

— Sai! Não me encosta.

Alice estava perplexa. De onde vinha aquela raiva toda? Tentava dizer alguma coisa, mas as palavras morriam em sua boca antes de conseguir dar forma às ideias.

— Você não se deu conta de que a sua viagenzinha de *transformação* é um fiasco? — Bárbara se levantou. — Estamos aqui há dias e tudo que conseguimos foi sermos roubadas, comer essa comida de merda e ver gente fodida. Vocês adoram ver gente fodida, né, rico é tudo igual.

A expressão de Alice transparecia perturbação, mas seus olhos permaneciam opacos, como se as palavras ditas por Bárbara não se dirigissem a ela.

— Por que você me trouxe pra cá, hein? Nada do que eu sugeri foi considerado, estou há dias fazendo as suas vontades malucas. Se queria alguém só pra não vir sozinha, por que não trouxe uma das suas tantas amiguinhas da escola?

— Do que você tá falando? — disse finalmente. — Tudo isso é por causa do Hanz? Eu nem me lembro do que aconteceu. Até onde eu sei estávamos nos divertindo, as duas. Se soubesse que era tão importante pra você nem teria chegado perto dele.

— Não força a barra, Alice. Você sabia que eu tava a fim do cara, por que você nunca admite as coisas? Quando eu finalmente começo a curtir essa merda dessa viagem que *você* inventou, você tem que estragar, né.

— Estragar? — Sua expressão era de mágoa sincera. — Achei que estávamos nos divertindo.

— Divertindo? — Bárbara emulou uma risada. — Então ir para uma pousada no meio do nada, passar dois dias de merda pra depois vir parar num hotel de muçulmano maluco é se divertir? Você só pode ser doida. Fala logo a verdade, Alice, você me trouxe aqui pra ser a empregadinha que mata as suas baratas, né!

— Meu deus, como você pode falar tanta besteira? — Mergulhou num choro convulsivo. — Eu te trouxe porque você é minha amiga, ou pelo menos, eu achei que fosse. Mas não, me enganei a seu respeito. Pelo menos as minhas amiguinhas do colégio pagam a própria viagem!

— Você não pagou a *minha* viagem. Você pagou pra ter uma acompanhante, para de ser hipócrita. Quando finalmente eu conheço um cara e me interesso, começo a me divertir, você dá seu jeito de lembrar que a viagem é *sua*.

— Então era isso, né. *Hanz.* — Alice subiu o tom de voz. — Por que eu achei por algum momento que tudo na sua vida não gira ao redor de conseguir a atenção de um macho?

Bárbara cresceu.

— Minha vida gira ao redor do que eu quiser. Sabe o que que você é? Uma mimada. Uma puta duma garota mimada querendo pagar de santa. Uma garotinha que nunca saiu da Zona Sul e que acha que ir pra São Gonçalo é fazer turismo!

Os olhos de Alice se injetaram de uma fúria que ela jurava não conhecer.

— Você não vai descontar sua frustração com os homens em mim. Você chupa o pau do primeiro que aparece, e eu que sou a culpada dos caras te acharem uma puta? — gritou.

— Ahhh, agora a moderninha vai bancar a moralista? Feminista de araque! — Bárbara começou a bater palmas de forma pausada. — Deixa de ser hipócrita, Alice. Você deu pra ele igual. E pior: sem estar com vontade. Porque nem gostar de homem gosta, anda, admite logo que você gosta é de chupar uma boceta. Mas faz tudo pra provar as coisas não sei nem pra quem.

Alice agora gritava em meio ao pranto.

— Eu que sou a hipócrita agora? — disse, apontando para si. — Na hora de aceitar viajar com tudo pago, do lanchinho na faculdade, de aprender sobre as roupinhas da moda, porque você não suporta ser a caipira que é, eu sou amiga. Porque tudo que você ambiciona na vida é ser uma videomaker com esse smartphone xing ling. Por acaso eu coloquei uma arma na sua cabeça pra vir pra cá? Sabe o que você é? Uma puta duma interesseira!

Depois disso, ninguém disse mais nada. Bárbara virou as costas, e cada uma foi chorar em seu canto. Aos poucos, o silêncio voltou a dominar o quarto, só se ouvia o ruído do ar-condicionado, que realizava o seu trabalho sentencioso antes de fazer a pausa em nome da sustentabilidade. Ficaram assim por mais de uma hora.

Bárbara levantou e foi fumar um cigarro na varanda e, da cama, Alice reparou que a amiga mancava.

Um laranja começava a colorir o céu, e uma brisa suave disfarçava a umidade do ar.

— Toma. Pro seu pé. — Alice chegou por trás e estendeu o braço entregando um comprimido e uma garrafinha de água mineral.

Bárbara engoliu o analgésico e bebeu a água inteira num só gole. Não tinha se dado conta do quanto estava com sede.

— Brigada. — Pegou um novo cigarro no maço e ofereceu para Alice.

As duas fumaram debruçadas na sacada, ouvindo o barulho do mar.

— É bonita essa vista, esse laranja com azul — Bárbara comentou. — Queria te pedir desculpas pelo que eu disse. Sobre você gostar de mulheres... Eu nem sei se é verdade ou não, mas você sabe que eu não me importo com isso. Você pode gostar do que quiser.

— Eu acho que nem eu sei do que eu gosto... — Alice riu, e os olhos se encheram de água. Não sabia por que, mas dizer aquilo doía, como se sentisse o ar entrar nos pulmões pela primeira vez. — Também queria me desculpar pelo que eu falei, sobre chupar o primeiro que aparece e tal. Eu sempre admirei você por fazer o que quer, só disse aquilo porque estava com raiva.

Fez-se um breve silêncio.

— O pior é que você tem uma certa razão — disse Bárbara, deixando a fumaça se dispersar na direção do horizonte. — Eu tenho algum problema com homens. Não sei. Eu tinha que ser como você e simplesmente não me importar, mas não consigo. Às vezes eu nem quero tanto assim, mas é como se precisasse provar pra mim que posso, não sei explicar.

— Você não devia querer se provar nada. Você é tão bonita, e tem essa personalidade forte, ninguém mexe com você. — Alice deu uma risada sincera.

— Eu queria que eles me vissem como você me vê. — Os olhos de Bárbara se encheram d'água.

Alice a abraçou de lado, e as duas ficaram unidas, cabeça com cabeça, contemplando a imensidão das luzes que cintilavam no mar.

Foi quando ouviram o som de um porrete se chocando contra a porta do quarto.

8.

Um guarda, de bigodinho ralo, vigiava a entrada enquanto outro entrava como um tsunami. Bárbara os reconheceu do dia em que havia ido na recepção atrás do inseticida.

O do bigodinho abriu os armários, as gavetas, lançando as roupas das viajantes no chão como quem descarta papéis sem importância — vestidos, calcinhas, sapatos, tudo ia pelos ares. Partiu para a mesa onde as roupas sujas se embolavam com outros pertences e, debaixo do bolo de pano, puxou a bolsa de Alice. As duas se entreolharam, os olhos mergulhados no assombro.

Agora eram elas as baratas, acuadas dentro de um lugar que pareciam ter ido parar por engano.

Nesse momento, foi como se tivessem um déjà-vu. Já tinham visto em filmes tudo o que aconteceria dali para frente. O homem tiraria um saco plástico com um bocado de pílulas brancas. Elas procurariam as mãos uma da outra. Como Claire Danes e Kate Beckinsale sendo pegas no aeroporto de Bancoque, como Thelma e Louise em frente ao Grand Canyon.

— Isto. O que é? — perguntou o policial.

É claro que elas não sabiam. Tinham sido vítimas de alguém. Mas tinham certeza de que dizer isso agora não adiantaria de nada. Ainda assim, Alice tentou:

— Não tenho ideia de como isso foi parar aí. Fomos a uma festa ontem. Havia muita gente — gesticulou, sugerindo uma multidão. — Alguém armou isso.

Para a gravidade da situação, ela parecia até calma. Como se esperasse o herói chegando montado a cavalo ao final.

O homem deu uma risada, antes de cuspir meia dúzia de palavras em tailandês.

O olhar de Bárbara foi atraído pela voz de alguém conversando com o policial plantado na entrada. Era Hanz, ordenando que o policial que cuidava da porta entrasse.

— Vamos simplificar as coisas, não precisamos dessa cerimônia entre nós — disse Hanz. — Com — fechou os olhos por um longo segundo, enquanto contava nos dedos das mãos — com dez mil dólares tudo fica resolvido. Ninguém nunca viu isso aqui — enquanto segurava o saco plástico com os comprimidos.

É claro que elas não tinham esse dinheiro todo. A viagem devia manter um espírito juvenil, aventureiro. Se tivessem três mil dólares era muito. Alice foi até o cofre, colocou a senha, a situação era até um pouco melhor do que havia imaginado. Conseguiu contar três mil e novecentos dólares e mais alguns bahts. Tudo junto devia somar uns quatro mil dólares. O celular de Bárbara ajudaria um pouco.

— Isso é tudo que temos — disse Alice, o olhar de súplica e perplexidade.

— Assim é complicado — respondeu o policial. — Ainda vamos dividir por três — ele aponta para si, para o outro policial e para Hanz. — E ainda gratificação do ajudante.

Ainda havia um ajudante, então. Talvez alguém da pousada. Talvez alguém da festa da noite anterior. Hoff, Sharon. Como saber...

— Polícia tailandesa muito intolerante — disse o outro, um barrigudo. — Drogas, prisão de quinze ou vinte anos.

Não era possível que, até nos piores momentos, a vida fosse tão clichê.

Bárbara entregou seu celular.

O sem bigode deu uma risada.

— Porcaria chinesa — desdenhou.

O outro pegou o aparelho da mão do colega e avaliou:

— Cinquenta dólares. No máximo.

Os dois homens andaram em círculos pelo quarto por cerca de um minuto, enquanto Hanz digitava mensagens no celular. O de bigode fez uma pausa, um ar entre cínico e reflexivo.

— Pagar de outro jeito, então — concluiu, com uma risadinha.

Alice e Bárbara se abraçaram, como se seus corpos juntos fossem capazes de resguardá-las numa fortaleza.

— Por favor, não faz isso — sussurrou Alice de maneira inaudível, como se dissesse aquilo apenas para si mesma.

O do bigode arriou as calças e, com o membro flácido nas mãos, fez movimentos vigorosos e repetidos até ele ganhar rigidez.

Quando estava pronto, puxou Bárbara, os olhos na direção do colega:

— Quanto? Cem dólares? — Eles faziam questão de falar de modo que elas entendessem. Assim, a humilhação era maior.

O outro assentiu com a cabeça, o riso nascendo torto no canto da boca.

Enfim, pegou a viajante pelos cabelos e indicou o caminho até o seu membro. Bárbara virou o rosto, mas era mero reflexo, sabia que não havia escapatória. Mais cedo ou mais tarde, aquele que detém o pesticida termina por exterminar a presa. Teve a sensação de que ia vomitar, mas não tinha nada na barriga, não comia praticamente nada havia quase vinte e quatro horas. Ainda assim, sentiu o estômago se contrair, como se quisesse ele próprio ser expulso do corpo.

O outro caminhou até Alice.

— Vou ajudar vocês, tá bem? — disse acariciando o seu rosto.

A ajuda consistia em adotar a seguinte dinâmica: cada peça de roupa que elas tirassem acumularia um valor. Cada comando que elas obedecessem, idem. Elas precisavam de seis mil dólares.

Num gesto mecânico, Alice tirou a blusa puída com a silhueta de Uma Thurman empunhando sua espada samurai, e a calcinha. Um animal pronto para o abate.

O guarda barrigudo deu três tapinhas no seu rosto, ajoelhou-a e disse:

— Garota bonita vale mais. — E colocou o pinto semiflácido na boca dela.

Alice percorreu o quarto com os olhos. Hanz recostado na porta, aparentemente digitando algo no celular, mandando áudios. Depois caminhando na sua direção, ainda ajoelhada no chão, enquanto o homem guardava o membro dentro das calças. E então Hanz se postou diante dela para desferir o golpe final.

Aproximou o celular da sua cara com a imagem de Pon na tela, acenando, os cabelos penteados para trás com gel.

Agora tudo fazia sentido. Um sentido que fazia desmoronar tudo que ela havia construído até então, mas, ainda assim, um sentido. A gratificação do ajudante. Pon. O ajudante. O golpe final.

Um dia, talvez, ela conseguisse contar parte daquilo tudo para alguém, um dia talvez seria capaz de recontar aquela história, omitindo trechos, assumindo um ar distante como se não tivesse sido exatamente com ela que tudo se passara, testando diferentes inflexões para que as palavras assumissem uma forma tolerável; mas aquela parte, ela sabia que nunca seria capaz de contar. Não o quanto havia confiado naquele homem, o quanto o havia até mesmo amado intimamente.

Sete mil e quinhentos dólares, disse o do bigode. Era o que elas tinham agora. Alice tentava se ausentar de si, pensar em outra coisa, como quando voltava da escola para casa a pé e se refugiava na imaginação para não ver o tempo passar, as ruas sempre iguais, o mundo se repetindo. Ou quando tirava sangue e olhava para o lado, a parede branca, e revia o último filme que havia gostado em flashes na sua mente, e tudo não vai passar de uma picadinha de mosquito, Soraia dizia. Só lembrava que uns tantos tubos de sangue haviam saído dela porque via o band-aid depois, em formato de pizza, tampando o furinho.

De pé, com o pinto de fora, as pernas sem pelo abertas por cima do corpo de Alice, o sem bigode olhou para Hanz. Girou o pescoço e fez um gesto com a cabeça como se perguntasse "e aí, vai querer também?". Mas Hanz recusou com um gesto.

— Vai deixar uma coisinha linda assim passar? — insistiu, dando uma risadinha enquanto masturbava o próprio membro, preparando-o para a próxima.

Hanz respondeu em tailandês dessa vez. O que será que ele não queria que elas entendessem?

Enquanto o homem abria as suas pernas, Alice viu-se de cima, o peito manchado de vermelho, onde horas antes a tailandesa havia escrito o verso de Rimbaud a pedido seu. "Eu é um outro". Eu e o outro fundidos agora numa massa disforme dos restos da tinta vermelha fluorescente.

A imagem da mãe invadiu a mente de Alice, talvez para confirmar se o amor ainda existia dentro dela. Soraia, Carlos, Thiago, Valentina, Enzo, todos passavam pela sua cabeça como num carrossel. Precisava testar as possibilidades, ver se no fundo de alguma daquelas imagens encontrava alguma sensação de calor que pudesse habitar por um momento.

Procurou Bárbara com o olhar. Estava deitada no chão, nua, o do bigode em cima dela, fartando-se. Elas se encontram. Por um instante, experimentam o que é estar exatamente no mesmo lugar. Por um instante, elas se amam como nunca se amaram antes. E, de repente, a cena fica muda, sem som, elas se vendo em terceira pessoa como a um filme, até tudo terminar.

9.

Tem dias que Alice acha que sonhou. Mas não, não pode ser. O corpo lembra, e ela sente a pele latejar em pontos específicos, um mapa invisível que ela percorre com a ponta dos dedos, tentando encontrar ali um sentido qualquer. Outras vezes chega a achar que inventou tudo, ou pelo menos as piores partes, porque sempre foi dada a imaginar demais e o que é o homem sem essa capacidade de transformar a crueza dos fatos em histórias, tenham elas finais felizes ou não. Mas tem vezes que ela tem certeza do contrário. Que o que ela fez foi esconder tudo no lugar mais fundo que existe dentro dela lá onde as coisas ficam pesadas demais para serem puxadas de volta e então terminam ficando, mas sabe que não, e não importa que Valentina tenha dito *vai passar* porque nem ela, Valentina, acredita nisso, não passou para ela também e talvez nunca passe, só vai se acomodar num canto do corpo como se o corpo fosse uma casa grande demais para se lembrar de todos os quartos ao mesmo tempo.

Mas há noites em que a dúvida vem, escorrendo devagar como água de torneira mal fechada. E se não foi bem assim? E se foi tudo efeito das vodcas vagabundas, da mistura de vodca vagabunda com energético com licor de escorpião com maconha com erva extraída das encostas dos pântanos do solo perigoso das minas? E se tudo não passou de um delírio o efeito das drogas o jet lag viajar para o outro lado do mundo deixa qualquer um atordoado. E se, e se, e se, e Alice se perde nos e ses como uma barata batendo contra o vidro, porque não há saída, só um caminho estreito e inevitável de volta à mesma conclusão: aconteceu.

E aconteceu porque tinha que acontecer, não porque ela mereça, ninguém merece isso, mas também ninguém está imune à fúria do universo, aos cálculos estranhos dos deuses ou pelo menos é isso que dizem, que o universo conspira e tudo tem um motivo e qualquer coisa sobre carma e sincronicidade mas o que Alice sabe mesmo é que há certas histórias que não se escolhe contar e muito menos viver e há coisas que acontecem porque simplesmente acontecem e talvez fosse melhor não pensar tanto nisso e talvez fosse melhor apagar a luz dos dias e talvez fosse melhor fingir que nunca existiu Tailândia, Siem Reap, nunca existiu aquela cidade onde as motos se enfileiram como formigas e os templos brilham e os monges caminham em suas túnicas laranjas fluorescentes e nunca existiu aquela noite e nunca existiu aquele austríaco de olhos redondos e pretos e nunca existiu aquela festa e nunca existiu nada, nada, nada.

Na maior parte do tempo ela pensa que se mantiver o suficiente a luz acesa talvez consiga afastar as sombras, mas é mentira, porque a sombra está dentro dela, grudada como poeira em livro velho e talvez seja só isso que sobre, um acúmulo de poeira sobre o que ela era antes de aprender que o corpo pode ser uma coisa separada da pessoa, que se pode sair dele como quem sai de um quarto sem fechar a porta.

Às vezes ela lembra da mãe dizendo *cuidado*, da mãe dizendo *os cadeados*, da mãe dizendo *volta pra casa*, e talvez a mãe tivesse razão, talvez todas as mães tenham razão e talvez Alice devesse ter voltado, talvez Alice não devesse sequer ter ido, mas a casa também é uma prisão e ela sabia que precisava ir embora, descobrir o caminho de volta para ela mesma.

Bárbara diz *a gente precisa sair*, precisa ver o mundo, precisa viver e viver era o que Alice queria, mas agora não sabe mais se viver significa estar em movimento ou simplesmente continuar respirando.

Ela pensa em Bárbara.

Bárbara que diz que ela tem mania de justificar tudo, de tentar entender tudo, Bárbara que se irrita com as festas dos estudantes de cinema com o recepcionista com cara de cão culpado, Bárbara que diz que a gente precisa esquecer, mas Alice não quer esquecer porque esquecer é deixar que tudo aconteça de novo lá naquele lugar escondido que ainda assim é ela, e ela não quer que aconteça de novo, nunca, nunca, nunca, com ninguém.

Ela pensa em Thiago e no garoto de barba fechada e cheiro de floresta e no cara de rosto redondo e vermelho no trem em Amsterdã, aquele que quis beijá-la uma tarde qualquer, mas ela riu e desviou e agora se pergunta se talvez fosse melhor ter aceitado aquele beijo porque ele parecia um cara legal e talvez isso mudasse alguma coisa, mas que bobagem, não mudaria nada, porque nada pode mudar o que já foi e se Alice tivesse aprendido alguma coisa naqueles dias é que não há justiça no mundo, só um sistema precário de pesos e contrapesos onde tudo parece desmoronar em algum momento.

Siem Reap cheira a gasolina e a suor e a fumaça de comida de rua e Alice pensa que talvez um dia volte, mas não agora, talvez nunca, e a Tailândia era quente e cheirava a curry, mas às vezes ela sente falta daquela Alice que existiu pela última vez naquela noite e da Bárbara que existiu pela última vez naquela noite e que as estrelas de Prah Nan testemunharam enquanto elas viam as fumaças dos cigarros se entrelaçarem.

E Alice pensa na culpa.

Na culpa de ter ido, na culpa de não ter voltado, na culpa de não ter gritado, de não ter contado tudo, na culpa de estar ali agora, respirando, vivendo, quando às vezes parece que não deveria.

Mas também pensa que não deve sentir nenhuma culpa e que deve até dizer *sim* eu vou respirar *sim* eu vou viver *sim* eu vou falar disso quantas vezes achar que devo eu vou fazer tudo de novo eu faria tudo de novo e se não fosse Siem Reap e se não fosse a Tailândia e se não fosse aquela noite, ela e Bárbara não teriam um segredo que é a única forma possível de uma pessoa amar outra.

Então ela passa o dedo sobre o peito, onde um dia brilhou aquele traço fluorescente, lembrança de música alta, suor, desastre, desejo. A tinta se foi, a noite se foi, o suor, mas o sulco invisível ainda existe, pele sobre pele, memória contra esquecimento. Pega um batom qualquer, risca de novo o mesmo desenho torto, rubro, vibrante, e ele arde porque a pele ainda é dela, ainda responde. E se ainda doer, e se não parar de doer um dia — e vai doer, ela sabe — que doa, porque dói onde há vida e ela está viva, está aqui, pulso inteiro apesar do corte, e leva consigo a noite, a ilha, o sal grudado na pele, ela, Bárbara, o mundo, o carro voando em direção ao abismo.

EPÍLOGO

Ela despeja o café da garrafa térmica na caneca. Entre a ideia e a realização há um espaço maior que se imagina a percorrer, e a cafeína sempre ajuda. Recosta-se na pia, o painel de acrílico de Carlos bem à sua frente, como uma obra modernista esperando ser interpretada.

No corredor, Soraia fala ao telefone, Enzo aos seus pés como um cachorrinho, o pescoço para fora espiando a vida.

Anda pela sala de um lado a outro. Nada mais torturante do que uma ideia ainda sem forma definida. Um animal te espreitando na quina do cômodo, prestes a avançar sobre você a qualquer momento. E você ali, encarando a besta, hipnotizando-a, jogando migalhas de pão, para que ela te poupe.

Começar é sempre a pior parte. A história, ela tem, quanto a isso não resta dúvidas. Sabe onde começa e onde termina. Porque viveu. Isso facilita. Também conhece as personagens, o que é sempre uma vantagem. Mas não sabe direito o que ela quer dizer ainda — a sua história — e, por isso, não sabe por onde começar.

O toque do celular a tira dos seus pensamentos.

— Festa da minha prima hoje, vamos?

Ela sorve um gole do café.

— Hoje não dá. Preciso fazer umas coisas. Mas vamos nos ver amanhã. Sem falta.

— Humm — murmura a outra, contrariada. — Já faz um ano. Você precisa voltar a sair, se divertir. Precisamos. Você não queria tanto conhecer São Gonçalo? Sua oportunidade de ir comigo praquele fim de mundo. — Solta uma risada.

— Prometo que amanhã saímos. Preciso escrever hoje.

— Tá, te amo, amiga.

— Também te amo.

Toma mais um gole do café e se joga na cama com o celular. No YouTube, escolhe um canal de música instrumental, o jazz aumenta a concentração. Não sabe exatamente por onde iniciar, as palavras tropeçam, fogem, parece um jogo de gato e rato. Criar é assim, pensa, tentativa e erro. Dizer o errado até encontrar o certo. Até encontrar a verdade. Até encontrar.

Tenta:

CENA 1 - INTERIOR - JANELA - NOITE

PLANO GERAL: Do alto de Laranjeiras, o Rio de Janeiro se espalha em uma vista tranquila. Árvores balançam ao vento, ruas desertas brilham sob as luzes amarelas, e algumas janelas iluminadas quebram a monotonia dos prédios.

Alice observa, imóvel, os dedos segurando uma garrafa de cerveja longneck.

Em OFF: Som de celular vibrando.

PLANO DETALHE Na tela do celular.

MENSAGEM DE BÁRBARA:

"Subindo a rua. Por que rico alternativo adora vir morar nesses fins de mundo, hein? Sempre esqueço que esse lugar não chega nunca. :/"

ALICE ri.

Toma mais um gole do café e sente como se a tela em branco a encarasse. Ela encara de volta. É aqui. É bem aqui que a história começa.

Este livro foi impresso em Minion
Pro em outubro de 2025.